催眠者

THE COLOR
OF
SOUND

沙丁 著

浙江教育出版社 · 杭州

你相信奇迹吗？

目录

楔子

她从梦中醒来，饥饿，干渴，大汗淋漓。

缓缓踱步到茶几边，摸索着寻找盛水的搪瓷杯，光滑的锁骨暴露在潮湿夜色里。南部海岛彻夜落雨，滴答的水声不断敲打屋檐和玻璃，伴随着热带植物叶片窸窸窣窣的摩挲声。

她隐约听见蕉麻和榕树生长的声音，粗壮浑圆的茎干抽离土壤，硕大的翠绿色叶片向天空蔓延，蓬勃盎然地昭示着旺盛持续的生命力。骤雨初歇的时候，黑嘴鸥栖息在浅滩和礁石上，夜色遮住了它们的身影，而那清透嘹亮的歌声却始终低低回响，仿佛是童年记忆里夏夜的彻夜蛙鸣，时近时远，不知疲倦。

催眠者

她赤裸着穿上他的香樟色外套，衣领处的细薄毛质让颈部微微发痒。那是件对当地气候来说过于保守和闷热的老式夹克。气味的海浪狂奔着袭来，将她的年轻肉体冲上海滩，高潮般的沉溺之美。她闭上眼，等待欲望缓慢退潮。退潮。潮湿的海风流窜在面颊和头发之间，她嗅到灵魂的气息。腐坏，芬芳，如同他苍老躯体弥漫着的辛辣与浑浊。这苍茫夜色里唯一具备辨识度的气味。

她在黑暗中双臂紧锁。

她在陌生城市的车厢里读完这部小说，伴随着车轮深处的轰鸣声，漆黑夜幕开始逐渐褪去墨色。东京的夜雨有无法揣度的脾性，如同难以刺探的古刹神迹，她抬起头，依稀辨识出远方的轮廓。天色渐明的时刻，她看见火车驶过不知名的翠绿色原野，铁轨边缘悬挂的水滴是被震碎的白色珍珠。八月清晨的太阳没能穿透水汽饱满的灰色云朵，破晓丧失了原本的定义。

三个小时前她收到安妮的邮件，里面附着小说的完整稿。没有只言片语，她们对彼此感知力足够信任，仿佛长途跋涉的修行者在朝觐途中相遇，颈上珠串碰撞的声响宣告了相同的立场，再不需要任何解释。她在寂静车厢里反复咀嚼每个章节和词句，对渐明的天色后知后觉。分别后的第三年，她们终于等来了结局。

第一章
深渊之下

爱丽丝决定自杀。

终于下定决心，她突然松了口气，笼罩在心间的青灰色云翳被忽然吹散，竟生出几分天高云淡的幻觉。她收拾干净公寓，把栽植多年的月季和蟹爪兰盆栽，以及袋装的土壤肥料送到邻居家，随后开始按照事先列好的清单整理那些立在沉香色木架上的藏书。

书比她想象的还要多，尽管是谨慎摆放、定期掸灰，但许多书的封面上还是躺着薄薄的微尘。她一本本地整理着，偶尔放慢节奏，下意识地翻动书页，见边角处竟有些发黄蜷曲，觉得心像是被玫瑰花刺轻轻扎了一下，电流般的微弱刺痛穿透骨骼，这痛感持久绵延，到最后甚至还有些微微痒。

她无奈地摇摇头，临了的时刻，反倒还对这些书恋恋不舍。

擦拭、归类、重新摆放，她做得娴熟而从容，毕竟现在的她，要时间也无用。整理这些书花了整整四个小时，然后路克的敲门声接踵而至。这位出版公司的同事刚刚被调到总部担任策划主管，恰好需要大量的绝版外文书装点门面。

爱丽丝说自己打算搬家，问他是否对这些书感兴趣。“多多益善。”他说。

爱丽丝替他煮了杯咖啡，递给他牛奶和糖罐，然后将整理好的两大箱书搬到他旁边。路克也不急着看，只是慢悠悠地往杯子里倒牛奶，把黄糖搅匀，然后用瓷勺小口小口地舀咖啡喝。偶尔发出的刺溜声如同金属摩擦时的刺耳回响。

许久之后，他掀开其中一个箱子，往里面瞥了瞥，然后夸张地捂住了嘴。“天哪！你居然有格特鲁德·斯泰因的*Q.E.D.*和《软纽扣》。”

“是啊，还是回国那年买的。”

“你可别后悔啊，这些书上了我的车，便是希腊诸神加起来也别想再要回去。”许久没有来往，爱丽丝几乎忘了他引经据典、胡乱搭配的癖好。

“自然，我帮你一起把它们抬到后备厢里。”

路克走后，爱丽丝烧了壶开水，把咖啡杯和瓷勺扔进沸水里煮泡，仿佛是在应对某种难缠的病毒。

快递员也到了。

她把事先打包好的纸板箱递给他，里面装的是瑞恩搬走时遗留的杂物。

就在决定自杀的那天晚上，爱丽丝把它们从公寓的各个角落里搜集起来。东西不多，也就两个瘪瘪的文件袋，几双凑不成对的袜子，七零八落的移动硬盘、旧钥匙和充电器，还有一件掉了纽扣的烟灰色衬衫。

这么久了，他还是这样粗枝大叶，爱丽丝无奈地叹了口气，脸上竟浮现出不易察觉的浅笑。她选了颗颜色差不多的纽扣缝好，又把所有衣物洗净烘干，整齐叠放进箱子里。

祝你安好，她在目送快递员离开时这样默念。

在这世上，恐怕没有人比瑞恩更了解她，也从未有人如此温柔地照料过她。

祝你安好，她再次默念。我们的分离是你的解脱，愿你有壮丽的人生。

她决定最后擦擦地板，于是拿着帕子把每寸地板都擦拭得锃亮。墙角的跑步机后面有个东西，她用戴着橘色塑胶手套的手去掏，然后意识到那是一本原版的 *First Light:The Search for the Edge of the Universe*。

肯定是瑞恩留下的，理查德·布莱斯顿是他最喜爱的非虚构作家之一。爱丽丝犹豫片刻，然后揭下脏兮兮的书封，惊喜地发现书的内封居然保存完好。

下午四点整，离黄昏时分还有两个半小时，爱丽丝沐浴完毕，对着满是雾气的镜子抹好口红，穿上暗金色丝绸连衣裙，又在外面套了件米白的亚麻罩衫，戴上长长的流苏耳环，在手腕和耳根喷上玫瑰味的香水，准备出门。

锁门前，她回头望了望屋子。小小的粉色笔记本电脑安静睡在胡桃木写字台上，里面躺着她的遗书，其余内容均已格式化。杂物打包摞在墙角，手机也不必带走，原先的号码已经注销，它如今的唯一使命，就是将预设的定时邮件发出去，拜托房东来清理遗物。她把大部分积蓄都留给了瑞恩，另外也给房东留了一笔不菲的补偿金。

毕竟对不住他，她想。

尽管并不高尚光明，但此刻爱丽丝相信，自行结束生命是最得体的方式。她坐进那辆二手雪佛兰轿车，系好安全带，把那本瑞恩留下的书放在副驾座位上，连带着一枝清晨从流动摊位上买来的玫瑰花。车厢内混杂着天然和人工的香气，总归都是玫瑰，倒也不会格格不入。她转动钥匙，用脚尖轻轻点了点油门，音乐是她最喜欢的 Kate & Ben 的。

驱车来到河边，她绕过公路，把车开到开阔的绿地边，正对西面。

五点整的郊外，太阳尚未褪去王者气度，正懒洋洋地辐散出剧终前的光华。她打开车门，摘下墨镜，眯起眼仰望天空，眼睛被光刺痛，渗出苦涩的泪，顺着她的眼角慢慢滑落。

“Ich lieb dich immer noch so sehr。”她轻哼那句唱了一路的歌词。

再见。她在心里默念，感受到痛苦穿透生命的力度。

六点四十七分，太阳开始逐渐沉入云海。

最后的阳光把天际照耀成一片明亮的橙黄，随后暗红色缓缓透出来。

她知道时候到了。

时候到了，她的车将冲过矮矮的河堤，驶入河道中央。河水会从摇开的车窗里涌入，像带她来这世上的命运洪流那样重新拥抱她。她会带着玫瑰花死去，被水藻缠绕，被鱼群追逐，回到生命初始的地方，像海的女儿。

鱼群。鱼群。这个不合时宜的词在她脑海里回响，反复刺激着她的神经递质。

她忽然记起自己忘记让朋友把鱼缸里的那条金鱼带走了。

门上了锁，此刻就算朋友来了也无济于事。她于是想发简讯给朋友，就说自己出了远门，麻烦她请人开锁，带走家里的金鱼，代为照顾，却又发现自己离开时并未携带手机。懊恼和沮丧涌上心头，她靠在驾驶座位的椅背上，生自己的闷气。

这金鱼原是外祖母养的，后来外祖母摔伤了腿，就暂且把鱼托付给了她。

童年时有过饲养经验的爱丽丝熟悉诀窍，她用双层塑料袋盛满外祖母家鱼缸的水，把七条金鱼养在里面，再把袋子扎紧，任由它们漂浮在自家鱼缸的水面上，打算氧气不够时再划开袋子，算是给这七条金鱼保持原生环境。

然而金鱼相继死去，尸体浮在水面上，被其他同伴凶猛蚕食。她不断捞起死去的金鱼，把它们埋在树下，对外祖母绝口不提。老来孤独的她，脆弱得像一片结了冰的叶子。

最后剩下的这条鱼浑身乌黑，漂亮的半透明尾巴像极了水母，摇摆起来又仿佛是舞者的裙裾。它倔强而茁壮地活着，能吃能喝，时常戏水，咕噜噜地吐泡，每日排出大量细长的粪便，用尾巴敲着玩。她痴迷于它强劲的生命力。

不管金鱼了吗？她这样问自己。

可那是外祖母最心爱的金鱼，是她晚年为数不多的伙伴。

外婆。外婆。

一想到外祖母，她的胸口又是一阵刺痛，心脏仿佛被紧紧捏住，硬生生地塞进荆棘丛生的荒园里。她的死必定让外祖母伤心欲绝，决定自杀的瞬间，她真的没有考虑过外祖母。

此时此刻，意识到自己自私的她愧疚难当。如果她今日死了，如果死后真有魂魄，她该如何面对思念多年的外祖父呢？她的手紧紧攥住方向盘，搁在油门上的足尖剧烈颤抖，鞋尖的亮片被夕阳点燃，仿佛下一秒就要熊熊燃烧。

夕阳在炽热的橘红色云霞里慢慢退场，像晕染了腮红的美人面颊，忽然显得憔悴而寥落。她手心的汗珠沿着方向盘滑落，啪嗒一声，掉落在裸露的膝盖上。她被惊得浑身一震，眼里早已蓄满的泪水终于夺眶而出，把黄昏浸染成了微光浮动的海洋。

她知道自己的计划失败了。从想到外祖母的那一刻起，她就知道。

既然决定了，绝不能在外祖母尚在人世时死去，那么她现在最好还是开车回家去，否则等天黑透了以后，没有手机导航的她很可能会迷路。她用外套擦干眼泪，对着玻璃整理好被风吹乱的头发，慢慢掉转车头。

躺在床上的那一刻，爱丽丝才意识到自己有多么疲惫。折腾了一整天，手臂和大腿的肌肉都酸痛得很，右脚尖在油门上方徘徊了太久，正断断续续地抽搐着。她知道自己的妆容已被汗水晕开，唇上的色彩也已斑斑驳驳，却连起身洗脸的劲儿也没有。

大抵是累过了头的缘故，她久久无法入睡，右侧太阳穴开始阵痛，后脑勺感觉沉甸甸的。疼痛不断加剧，她需要止痛药，于是只好起身去翻摞在墙角的那些杂物箱。小小的橘色胶囊在最底下的箱子里被找到，连带着被翻出的，还有个装CD的黑色小礼盒，以及一张手写的贺卡。

就着冷水吞下胶囊，爱丽丝坐在床边重读那张卡片，忽然想起，这应该是去年冬天，明娜来探望她时送的贺卡。她把卡片翻过来，背后的落款日期果然是十二月。

那是爱丽丝流产后的第三个星期，距离她的三十岁生日还剩四天。

瑞恩或许是希望让出些私密的空间，于是在简单寒暄之后便借口出门了。明娜把带来的冷香玫瑰插在花瓶里，然后从包里小心翼翼地掏出系着丝带的黑色小礼盒。

“蛋糕和礼物生日那天再给你，这份算是额外附赠的。”

“嗬，今年的礼物格外丰厚。”爱丽丝笑道，假装没有看见明娜眼神中流露出的关切和担忧。她慢慢抽出最长的那条丝带，揭开礼盒的正方形盖子。

“CD？我倒不知道这故事还录成了碟。”

“是啊，我看到这盘刚好是《爱丽丝梦游仙境》，就打算买下来送给你。这可是限量版，统共只发售了999张，我连夜排队才买到的。”

“原来不只我们两个老古董喜欢听碟啊。”爱丽丝伸手轻轻捏了捏明娜的脸。在她冷清寂寥、寡淡疏离的生活中，明娜是她为数不多的朋友之一。

“就是嘛，盗版光碟到处都是，也只有我这么有良心的人才会真的去排队。”明娜活泼地扬起眉毛，声音里洋溢着不合时宜的欢快，仿佛决意要驱散笼罩在屋子里的阴霾。

“说起来，你为什么起这个英文名呢？”她继续自言自语道，“天真烂漫的少女才叫爱丽丝。你应该是玛格丽特，或者也可以是凯瑟琳、斯蒂芬妮、阿格妮丝、卡特琳娜、埃德尔嘉弗丽。”

“最后那个你再说一次。”爱丽丝忍不住笑出了声。

“伊莲娜、西蒙娜、伊丽莎白、伊莎贝拉、莫妮卡……”

明娜不理会她，依旧自顾自地罗列着理想中的名字。

爱丽丝决定不去打扰她，起身把 CD 搁在书架上，考虑着是不是要去厨房准备些简单晚餐。冰箱里应该还有些蔬菜，但是鸡蛋和牛肉已经吃完了。

“你到底为什么叫爱丽丝啊？”明娜终于念完了名字。

是啊，为什么呢?

当初在德国半工半读，她随意给自己起了个外文名字，可如今这个名字跟随她多年，已经自然得像她身份证件上的本名了。除了外祖母之外，她与包括父母在内的所有亲眷都不热络，且这份疏离感正随着年龄的增长不断加深。到最后，她甚至都不愿使用原来的姓名了。

“你有空可一定要听听这张碟啊，那声音好听得简直令人发指。我那儿有张盗版的，正版的留给你了。你说我是不是比瑞恩还要爱你？”明娜满眼期待地看着她。爱丽丝露出浅笑，欲言又止。那张限量碟，自明娜走后就始终被遗忘在书架上，直到决意自杀的前一天上午才被她装进箱子里。

那是爱丽丝第一次听见他的声音。

五分钟前，百无聊赖的她终于决定播放这盘光碟。

她把碟塞进墙上的播放器里，调试音量，听着轻柔的钢琴前奏缓缓响起。连绵不断的音符在空荡荡的房间里跳舞，原本有些暗的屋子慢慢变得敞亮起来。一个男人的声音响起，开始念那个早已被讲滥了的童话故事。她转过身，准备边做咖啡边听。

爱丽丝陪姐姐闲坐在河边，因为无事可做，有些不耐烦……

永恒的开场白。她漫不经心地把磨好的粉末装进机器里，按下电源键，然后撕开全脂鲜奶的纸盒。忽然之间，她仿佛意识到了什么，伸出的手臂僵在空中，整个人都愣住了。灵魂出窍一般，她像个在雪地跋涉的迷路者，被蒙上眼推进了温泉，感官所接收的错愕远远超过温暖。怎么还有这种事？她喃喃自语。

那个兔子洞最开始像隧道一样向前延伸，接着猛地下降，实在太突然了，爱丽丝跑得又那么急，还没来得及考虑如何停住，就发现自己似乎落入了一口深井里……

机器吐着蒸汽，发出滋滋声，咖啡顺着滤嘴流进杯子里，沿途散发着浓郁的香气。她没有理会。深棕色滚烫的液体渐渐溢出杯口，落在地板上，发出滴滴答答的响声。她这才回过神来，条件反射地切掉电源，身体却依旧僵在那里。

“这不可能，不可能……”她反复念叨着，事情超出了她的理解范畴。

她取出光碟反复端详，却什么端倪也没发现。或许是播放器里积了灰尘的缘故，她踮起脚尖检查墙上那无辜的黑色设备，用手指抠开盖板，卷起裙角小心翼翼地擦拭每块区域，然后把光碟重新放回去播放。那声音依旧是老样子。

是活见鬼了吗？她匆匆奔到墙角的纸箱子旁，翻出所有的旧光碟，一张接一张地塞进播放器里试听，然后把电视机调至新闻频道，甚至翻出了被冷落数年的收音机。一切正常。

他怎么会不一样？爱丽丝雕塑般面无表情地站在原地。

原来真的有人不一样？

第二章
声音的颜色

四年前的春天，爱丽丝辞去德语同传的工作，搬到这座城市。

布置完租住的公寓后，她遍访了当地最权威的几家心理诊疗所。在高薪、高强度的工作岗位上坚持了整整三年，她意识到自己的精神问题愈加严重。夜里无法入睡，情绪极其不稳定，细微琐事也能使她暴怒，与任何人都无法保持亲密的关系。

一次性取出全部的存款，她在市中心最贵的心理诊疗所办理了会员。

期待已久的咨询课程并未缓解她的症状。医生起初说她有狂躁症，后来改口说她患有双向人格障碍，同时附带有早期的抑郁症的症状。治疗持续了半年，在尝试冥想、瑜伽、按摩以及各种药物之后，所有的检测报告都显示正常，而她却依旧身处困境。

夏天快要过去的时候，她最后一次前往治疗中心，离开前忽然有人拦住她，希望能得到她的电话号码。她抬起头，见面前的男子戴着细细的黑框眼镜，眼里含笑，身上却没穿白大褂。“我做类似记者的工作，也写专栏文字。我想采访你。”

那是她第一次见到瑞恩，他开门见山，直接跳过了琐碎闲聊，言语和声音里透出简洁的气息。爱丽丝犹豫了片刻，在他递过来的笔记本上写下了联系方式。

一个追求者，她是这样定义的，因为他从未真正采访过什么，只是带着她穿街走巷，像恋人那样外出游览用餐，手里的相机镜头始终对着她。没有剧烈的情感波动，没有心潮澎湃和荡气回肠。他的眷恋缓慢而温和，流经山林和田野的间隙发出轻微的沙沙声，春日心草摩挲脚底，引得人笑，却只是温和明朗的微笑。

林瑞恩专栏作家的身份并不假。毕业于波士顿大学的他同时供职于多家报社，既是自由撰稿人，也四处奔走跑新闻。由于工作的关系，他始终保持着大量阅读和写作的习惯，为了能让创作持久高效，他往往在巅峰时刻停止，起身煮水烹茶，在健身器械上运动一刻钟，随后重新投入新一轮的书写中。

偶尔长途旅行，采访某位作家或媒体人，在往返的机舱里敲击键盘，戴着黑色眼罩休憩，醒时吃少量坚果和西柚。日复一日，从不停歇。朝夕相处，爱丽丝喜爱他为自知自制所付出的努力，却从未考虑过要与他成为恋人，直到瑞恩说出她秘密的那天。

“我的声音是什么颜色的？”他忽然问。

那天他们正坐在城东的咖啡馆里，室内轻柔的音乐声掩盖了人群窸窸窣窣的交谈声。

爱丽丝感到心脏重重跳了一下，这么多年来，从未有人发现她的秘密。

“你说什么？”她问。

“我知道你能看见声音的颜色。”他那双含笑的眼睛里没有丝毫的责难与刻薄，反而像晴朗夜空里的弯弯月牙，那是一种不带恶意的纯净眼神。

片刻之后，他察觉出了爱丽丝的警觉，神色显得有些紧张起来。

“抱歉，我只是恰好了解联觉。和你听了这么多场音乐会，我不可能观察不出来。”

爱丽丝重新低下头，用手指紧紧扣住杯身，指尖微微出汗。他也不催促她，只是那样安静地坐着，神情中的好奇却掩藏不住。

“深蓝色，”许久之后她终于开口，“有时候也是天蓝色。”

“声音的颜色还会变？”他的声音忽然高了一个分贝。爱丽丝眼前的蓝色随之变化。

“主色调是不会变的。但如果你说话的声音低沉，颜色就会相对深些；如果你用轻盈跳脱的声线说话，我看到的颜色就比较浅，是一种介于深蓝和湖蓝之间的颜色。”

“天哪！”他发出一声惊叹，下巴靠着指尖，用指腹轻轻摩挲着面颊上的胡楂，脸上露出那种空有千头万绪，却又不知从何说起的神情。

“这么说,男人和女人说话时的声音也不一样？”他继续问道。

“当然。女性声音的颜色通常比较浅,偶尔会透着极淡的粉色，大多数时候是半透明的浅蓝色。男人的声音就比较靠近深蓝，但透明度是因人而异的。”

“那假如一个男人模仿女性说话呢？”

“如果学得够像，那我看到的就是正常的浅蓝色。如果学得非驴非马，那就会变成一团糟透了的混合色。就好像打翻了的颜料盘，或者键盘手故意弹了个乱七八糟的和弦。”

“有没有人的声音不是蓝色的？”他忍不住连连发问。

“至少我从未遇见过。大部分人的声音再奇怪，也都是以蓝色为基调的。”

他靠回到椅背上，一副满肚子疑问却不敢冒昧开口的模样，逗得爱丽丝忽然有些想笑。“你想问什么就问吧，我不介意。”她说。

“真的什么问题都可以问？”他满眼惊喜。爱丽丝点头回应。

“可以和我在一起吗？”他毫不犹豫地开口,声音却是低低的。

漫长的沉默，爱丽丝终于忍不住笑出了声。

“怎么？”

“刚才你说话的声音变成了半透明的浅蓝，像女孩子一样。”

“不是说男性的声音颜色都比较深吗？”

“但情绪变化也会影响声音的颜色，所以如果你明明紧张却假装镇定，我会知道的。”

他哈哈大笑起来，声音又变回了好看的天蓝色，然后他拉起她紧握着咖啡杯的手。

“我非常喜欢你，爱丽丝，请记住这句话的颜色，我永远不会让它褪色。”

爱丽丝直到十六岁才弄懂自己的特殊能力是什么。

在很长一段时间里，瑞恩是唯一能与她谈论“联觉”的人。当年她离开多年居住的小镇，去大城市的重点高中念书，第一次在学校图书馆读到纳博科夫。翻开《洛丽塔》的瞬间，她就知道自己会读完他所有的书。

她如饥似渴地读完了所有能找到的作品，其中不少应该还是盗版书，当时纳博科夫的许多书尚未被授予中文版权。在此之后，她又意犹未尽地找来了关于他的传记。

那时博伊德的《纳博科夫传：美国时期》尚未出版，她也还不熟悉网络，几乎找不到什么权威的资料，只能东拼西凑地读一些文章。但即便如此，她还是凑巧读到了关于联觉的简短介绍：纳博科夫本人就有联觉，数字和颜色的联觉。

后来瑞恩补充了一些她不知道的事情。譬如，纳博科夫眼中的数字5是红色的。不过联觉有许多种，有的是味觉/听觉/视觉，有的则是特定字母和颜色相连，甚至也存在三种感官相连的情况。他也教给她辨别数字与声音的联觉者的方式，竟然出人意料地简单，只要几组实验就能确认。在以许多黑色数字2绘制成的三角形图案中夹杂一个同样是黑色的数字5，常人需要仔细寻找才能发现，但像纳博科夫这样的人却能瞬间找出它来，因为他眼里的数字5永远是红色的。

十几年前，发现新大陆的爱丽丝动用了所有能够企及的资源，试图找出关于联觉的权威定义。那是段漫长而孤独的旅程，她不曾向谁请教。那时的她已经学会了沉默。

“难道你从未向旁人提起声音的颜色？”瑞恩问她。

“当我还很小时，并不知道这是种特殊的能力。孩子总是以自我为中心，我理所当然地以为，所有人都会在听见声音时看见颜色。后来渐渐长大，偶尔说起眼前的颜色，总会遭到父母的严厉训斥，便不再提起了。”

“训斥？”瑞恩眼里透出惊讶。

爱丽丝笑了，成长于教授家庭的他自然不会懂得，与无知无识的人相处有多么困难。

“你能想象吗？在二十世纪九十年代末的偏远小镇，互联网都还未光顾，而一个性情乖戾的孩子却说，她听见声音时能看见某种颜色，周围的人会怎么想？”

“他们会觉得不理解吧。”

“他们会恐惧，瑞恩，是那种面对异类时特有的凶残和恐惧。我曾问母亲，为什么外祖母的声音是天蓝色，而她的却是浅蓝色，她只当我是胡乱呓语，不曾在意。后来我反复问起，她才知道我与众不同。紧张、猜疑、谩骂、体罚，她以所有能够尝试的方式阻止我继续问奇怪的问题。我的老师和同学更是一口咬定，我有严重的精神问题。”

“其实联觉总是和艺术家联系在一起，普遍的说法是，联觉者的大脑结构略有不同，因此也更富有创造性。你的父母如若知情，应当为你骄傲。”瑞恩轻轻抚摩她的头发，语气中透出惋惜。

“我有时在想，倘若我是更乖巧、聪慧的孩子，是不是他们就会更理解我？也或者说，是不是就算没有联觉，我也依旧是如此的令人讨厌。”

从记事起，爱丽丝就知道自己性格里潜伏着极端的一面。

那是种混合着冷酷、决绝和暴戾的潜在能量，发作时有翻江倒海的力量。这种力量藏得很深，没有外界的刺激不会爆发，一旦爆发也难以遏制。

七岁时，邻家男孩捉了只蜻蜓，用风筝线拴住它的尾部，在它挣扎着起飞时突然发力，把它拉回到手中。如此反复，不亦乐乎。穿着紫色蓬蓬裙的她冲上前去，大声呵斥着要求男孩放掉蜻蜓。男孩嘻嘻一笑，用胖乎乎的小手撕掉蜻蜓的翅膀，幸灾乐祸。

那是她第一次感受到愤怒，仿佛有一千座火山在稚嫩的身体里喷发，滚烫的岩浆融化了内脏。她飞快冲上前去，将男生扑倒在地，用前额对着他的鼻梁重重一击。温热黏稠的鲜血喷涌而出，男孩错愕的眼里闪过恐惧，她也因为用力过猛而感到头晕眼花。

男孩丢掉手里的风筝，一翻身将她死死按在地上，她感觉双肩动弹不得，便扬起头，狠狠咬住男孩的下嘴唇，硬生生撕扯下一小块肉。男孩被彻底击败，倒在地上痛得打滚。

片刻之后，闻讯赶来的家属们抱走了男孩，将满嘴是血的她团团围住。她头也不抬，只是慢慢拾起死去的蜻蜓，失声痛哭。后来外祖母时常回忆起此事，反复责怪男孩的残忍，而她总是沉默以对，对自己性情中的温柔与残酷感到迷惑不解。

她把这段往事讲给瑞恩听，希望他能明白，自己并不是容易相处的人。

“你在心理诊疗室见到我，这便是很好的佐证。瑞恩，你不要把我想象成多么美好的存在，我实在不好对付，除了外祖母，我所有的亲密关系都以失败告终。”

“那为什么你外祖母可以？”

“或许是因为她抚养我长大,我对她的感情超越了人格瑕疵。也或许是因为我们并不常年居住在一起,只是通过电话联络感情。”

他没有回应，她便继续讲述。既然揭开往事的伤疤，不妨说得更清楚坦白些。

“有时我也同情我父母。他们隔三岔五地被请到学校，被迫要面对老师、校长的疾言厉色，心里想必也不好过。若换作我是他们，也必然怨恨自己的女儿。”

十二岁时，她站在学校办公室门口，听见从单位匆匆赶来的母亲正低声下气地对老师们道歉，声音憔悴得像一座被海水淹没的岛屿。一阵尴尬的沉默之后，有个年轻女人的声音忽然响起，爱丽丝眼前闪过很浅很淡的蓝色，像雨后初晴的透明天空。

“有时候我们也不明白，她分明是这样多愁善感的少女，会为日升月落而伤怀，见到深秋凋谢的玫瑰都要落泪，发起怒来却又如此凶狠残暴，仿佛身体里住着另一个人。”

爱丽丝安静地听着，渐渐泪流满面，她用手捂住嘴巴，不想发出声音。直到母亲疲惫地从房间里走出来，两人在空荡荡的走廊里四目相对。

“对不起。”她说。母亲没有回答，甚至都没有看她，只是一个人默默走开。

“你认识我的时间有限，所以我告诉你这些，希望你能看清我的真实面目。”爱丽丝从回忆中抽身，抬起头注视着面前神色复杂的瑞恩。

“你是在劝我改变主意吗？”许久之后他喃喃问道。

“我只是想让你明白，我的性格实在不好，会伤害到你。”

“性格好坏本就无法被明确定义，它反映的也只是文明社会对个体行为的期待，但并非所有个体都能满足这种期待。你真的不必自责。”他说话的模样真诚得让她不忍辩驳。

“我坚持要和你在一起。”他斩钉截铁地说。

她叹了口气。“你会知道的。如果哪天你决定要走，我不会抱怨。”

第三章
维纳斯的伤疤

决定自杀的次日，爱丽丝在蒙眬中醒来，见窗外的天空隐隐透出微光。

她伸手掀开被子，却发现自己的身体变得几乎透明，轻柔得仿佛能飘起来。她抬头看了一眼墙上的钟表，发现时针和分针正胡乱摆动，像两个步伐凌乱的芭蕾舞演员。

原来是个清明梦。她轻轻笑了起来。

瑞恩曾经教会她区分梦境的方式，因为有时梦境过于真实，让人疑惑。最简单的方法就是看时间和数字，如果它们持续且无序地变化，便是梦境。当然也可以试着飘起来，看身体是否能穿过墙体。

她深吸一口气，让身体飘浮在黎明的天光里，然后慢慢穿过墙面，来到房子的另一端。这是她很久以来做过的最真实的梦，从前的梦总是很短，而且往往是无意识的。

她在梦里看见从前的自己，没有惊讶，也丝毫不带困惑。

梦境的好处在于，让所有天马行空的事情都变得可以接受。

黎明时分，那个熟悉的身影斜倚在阳台边的摇椅上，微微隆起的小腹上搭着一本书，蓬乱的黑色长发此刻被盘成高高的发髻。爱丽丝慢慢靠近梦里的自己，如同电影镜头缓缓拉近。

那是怀孕时候的她，身体微微有些笨重，面颊上有隐约可见的浅色斑点。若非此时看见，她从不知道，这些斑点竟有几分像花丛里翩飞的蝴蝶，在晨光下显得如此可爱。

那应该是和瑞恩在一起的第三年。

她怀孕，原本并不打算生养，瑞恩却希望她生下孩子。

“我知道你抵触婚姻，并不想勉强你结婚。但生养孩子或许能让你快乐起来，而我也实在喜欢孩子。”他的言语中透着坦诚和热切。她于是答应下来。

孕期的开端风平浪静。

并不惊喜或忧惧，对腹中生命无知无觉的她，依旧过着和往常一样的生活。策划书展、彻夜写作、编稿时偷喝咖啡，凌晨时分在寂静的阳台上踱步。有时她也会低头端详自己依旧平坦的腹部，试图想象与其他生命共享肉体的感受，心中的一汪湖水却始终安静澄澈，没有波澜。

进入第四个月，隐秘的荷尔蒙迅猛强劲，像热带雨林的充沛水汽，迅速滋养起干涸的土地。她渐渐感到食量增加，身体渴望高热量和高油脂的食物，尽管有不间断的饮食摄入，深夜时分依旧会被饥饿唤醒。那段时期的瑞恩，夜里从睡梦中醒来时，经常看见她赤脚站在冰箱旁边，摸索着寻找牛奶和黑面包。

她的胸部渐渐饱满，腰臀变得丰满，思维却显得稍有些滞缓，时常陷入沉思而不自觉，眼神里透出迷茫。瑞恩曾说过，非常喜爱她这种半睡半醒的状态，仿佛卸下了素日里的盔甲，忽然间没了防备，让人忍不住想要去呵护。

“你怀孕的样子，美得就像维纳斯。”他不断重复这句话，眼里有无法掩藏的喜悦，如同欢腾的巧克力音乐喷泉。或许是受他感染，她也变得高兴起来。若说她有任何关于孕期的美好回忆，那便也只剩这些转瞬即逝的时刻了。

她从未对新生命有所期待，不过一想到能对瑞恩有所补偿，便也觉得释然。

时间慢慢流逝，后来当一切尘埃落定，爱丽丝躺在冷冷清清的公寓里，回忆起过往时，总觉得失去这个孩子，其实是早就命定的事情。说穿了，她这样斑斑驳驳、混乱嘈杂的肉身，如何能孕育崭新的生命呢?

她的情绪从未真正得到控制，工作时往往戴着人格面具，久了便容易忘却，以为冷静从容是自身本就携带的品质。然而，身体里潜藏的情绪炸弹始终都在。

怀孕之前他们就常有争吵，或者与其说是争吵，不如说是她一个人的战争。

她有严重的洁癖，每寸地板都要用抹布反复擦拭，餐具器皿更是要反复消毒，衣服必须及时清洗、烘干、折叠整齐。他是随意惯了的人，时常不小心将食物的汤汁洒在地板上，或是把裤腿沾了泥浆的牛仔裤放在洁白的沙发垫上。这些举动使她暴怒，愤怒时甚至会把瓷碗摔碎在地上，将整张沙发垫扔掉，然后用打火机烧毁他的裤子。

每日超过十二小时的阅读和写稿占据了他大量的精力，又要抽空整理采访音频和人物背景资料，能留给他的空闲时间稀少而珍贵。他希望能尽量多地与她相处，却几乎在每一次接近她时都触发战争。她的身体辐散出向外的隐形推力，她的敏感和与生俱来的芒刺让人无法真正接近，最无心和随性的一句话也能让她情绪崩溃。

轻微紊乱的激素和孕期荷尔蒙成了最好的愤怒助推器。她不能听见任何反驳自己的话语，不接受拒绝和道歉，但当愤怒过去，她又陷入无限的自责。所有见过她失控模样的人都会害怕。敏感多疑、偏执易怒，任何言语甚至眼神都能成为导火索。她的情绪波澜如果被电脑绘制成图表，必定远远超出正常范畴。生活变成布满地雷的战区，即便是小心翼翼地穿行也依然无济于事。他们踮着脚慢慢行走，逐渐损耗掉对婚姻的耐心和信仰。

愤怒时候的她砸碎花瓶和茶杯，用碎片割破手臂，用头撞墙直到出现瘀青，双腿全是被指甲划破的痕迹。瑞恩对她的性情不是没有防备，却依旧落得伤痕累累。

“我要怎么做才能帮助你呢？”他时常这样充满绝望地问她，声音里满是憔悴。

她仰面躺在冷冰冰的木地板上，泪水从眼角滚落，始终也不说什么话。

两人就这样默默咀嚼着各自的绝望，末了他把她抱到沙发上，用热毛巾擦拭她泪痕交错的面颊，用手掌轻轻抚摩她的腹部以示安慰。“为了孩子，我们不可以太任性。”

摇摆不定的情绪不断引发争吵，她反复发着脾气，心中明白这段关系已经岌岌可危。有时争吵得太久，夜里没了睡意，她便打开窗户，让清冽的空气流进屋子，然后抱膝坐在窗台上，一坐就是几个小时。直到黑夜的颜色逐渐变淡，直到精疲力竭的瑞恩来找她和解。

支撑着度日，两人都知道这不是长久之计，却又不约而同地依赖着对方，不愿离去，仿佛两个受到惊吓的孩子，紧紧抓住这荒芜世界的唯一依靠。

“你会离开我吗？”她反复问着同样的问题。

瑞恩看着面色憔悴的她，深深叹了口气。

“我初次见你时，你穿着白衬衣和牛仔裤，坐在心理诊疗室外的白色长凳上看书，浓密的黑色鬈发束在脑后。我在走廊尽头注视你，觉得你安静得像早春时节迁徙至加利福尼亚州的蝴蝶，那是我少年时期最迷恋的自然盛景。”

爱丽丝露出无奈的笑容。那种潜藏在她身上的颓废气息具备某种迷惑性，对她一无所知的人会将其误认为温柔。那其实是一种疲惫，厌倦了不断偏离轨道的激烈情绪的疲惫。瑞恩的下巴轻轻摩挲着她的头顶，用低沉的声音说出深藏心底的秘密。

“我听见诊疗室的智能语音系统喊出你的名字，你合上书本，慢慢走上前去。你素面朝天，唇上却抹着厚厚的红，像某种防卫，脆弱中暗含着盛气凌人的神秘。我在那一刻爱上你，知道自己无论如何也要拥有你。”

“那你现在该后悔了吧？”

“后悔爱上你？你知道我不会的。即使时光倒流，我依旧会被你吸引。生命个体之间存在磁场，我对你始终无法抗拒。但是爱丽丝，有时我也会觉得疲累，和你在一起真的需要很多隐忍和自制，你不知什么时候就会失去控制。”

“对不起。”

“从我认识你开始，你就始终在道歉。你知道我并不在意。”

“你应该在意的，”爱丽丝淡淡地回答，“不要纵容我的脾气。”

他张嘴正欲说些什么，却又迟迟没有出声，用手指轻轻梳理她水草般蓬乱的头发。

“是不是从没人问过你，你自己是否更痛苦？”长久的静默之后他终于开口，“明明有着脆弱敏感的神经，却被身体里蠢蠢欲动的愤怒吞噬，情绪的过山车不断起伏，这对生命和心灵而言是一种损耗。有时候我见你如此疲倦，却无法安慰你。”

爱丽丝保持着沉默，眼里却渐渐积蓄起泪水。他说出了她长久以来的创痛。愤怒和暴戾如同没有柄的利剑，她手握刀刃杀敌，看似凶悍，双手却早已鲜血淋漓。

“痛苦是我应该承受的惩戒。”她终于开口，声音微微颤抖。

他叹了口气，用手臂将她揽在怀里，感觉到她的眼泪落在肩膀上，慢慢渗透衣衫亲吻他的皮肤。她的心跳声从不远处传来，像沉闷的春雷在地平线上翻滚，一种持久的钝痛。

梦里的爱丽丝，一直迂回在那陌生而熟悉的公寓里，感觉到回忆的片段走马灯般从眼前飞速闪过，内心只觉得酸楚。在所有的亲密关系中，她亏欠瑞恩的最多。

在沐浴着阳光的房间里，爱丽丝看见那个失控的自己坐在地上，由于愧疚而对自己反复掴掌，瑞恩冲上去抱住她，心疼得说不出话来。她看见自己时而温柔顺从、时而凶狠残酷的眼神，像被咒语控制的万花筒，令人捉摸不透。她看见清晨时分偷偷起身，为怀孕的伴侣准备早餐的瑞恩，为了不发出声响，总是光脚踩在地板上。

是要有多么强烈的爱，才能让他支撑这么久？

情绪反复崩溃终于伤及自身，就像她知道一定会的那样。

她在睡梦中大量失血，醒来时才发现，黏稠的暗红色液体已浸透棉褥和床单。她挣扎着爬下床，拨通瑞恩的电话求救。半小时后，她被救护车送进抢救室，在意识模糊的刹那，她仿佛看见焦急万分的瑞恩被挡在手术室外，神情悲伤得像座着了火的房子。

“对不起。”她说，喉咙却早已发不出任何声音。随之而来的是跨越世纪般漫长的昏迷，世界在顷刻间分崩离析，而她在黑暗中不断下坠。

下坠。不断下坠。

骤然而至的流产伴随着诸多问题，宫腔内的残余物需要清理，手术迫在眉睫。恢复意识不久的她，发现自己正躺在铺着一次性医用消毒巾的手术椅上，双腿被分开架起，鼻腔里塞着氧气管，正在等待全身麻醉前的最后检查。金属钳叮咚撞击托盘，未拆封的医用棉花和手套静静躺在不远处的白色长桌上，护士端着灰色器械进进出出，整个房间像极了童年时代的热闹集市。

麻醉剂缓缓流进静脉，她暗自数数，想知道药剂的浓度。

一、恐惧的云翳渐渐散去，呼吸变得顺畅起来。

二、视线变得模糊，整个房间在天旋地转中扭曲变形。

三、她再次陷入昏睡，像被铁链禁锢的囚徒，在鞭笞和昏迷中来来回回。

爱丽丝依旧在那里，看着眼前的自己沉沉睡去，嘴里插着导管，胸口贴着监测心跳的吸盘，还未恢复元气的身体苍白瘦削，像一张薄薄的纸片。她的下体插着导尿管和扩张棒，医生套着手套的食指伸进她的阴道，用很大的力道将那柔软的缝隙撑开，不知名的灰色仪器被架在阴道口，细长的管子慢慢捅进她的身体。

猝不及防地，血腥味扑面而来，爱丽丝感到胃里一阵翻腾，条件反射地转过身，开始剧烈地呕吐。然而并没有呕吐物流出来，她微微直起身子，看到左手腕表上不断变化的时针，忽然想起这只是梦境。她回过头，见灰色仪器已被撤下，换成细长的金属镊子。

手术只持续了三十分钟，她的宫腔就被清理干净。

沾满血迹的绒絮物被装在白色器皿中带走，刮除下来的递质组织被包裹起来，塞进密封的罐子里，那是她未曾见过的小生命在这个世上停留的最后证据。

金属器械从下体拔出，她被潦草地盖上床单，推出手术室，大腿上还残留着血迹。麻药的力量渐渐消退，源自小腹的强烈疼痛将她唤醒，就好像腹部被人生生刮下一块肉，伤口变成黑漆漆的空洞。她捂着肚子，疼得额头上渗出汗珠，连翻身的力气也没有。

瑞恩的手在黑暗中拉住她，那向来温热的手掌，此刻也变得冰凉。他止不住地颤抖，嘴里却还是说着宽慰的话，说得久了，眼眶开始慢慢湿润。她在坠落中惊醒，感觉到他的眼泪打在手背上，滴滴答答，像漏雨的屋檐。

难以言喻的愧疚涌上心头，难受得她想狠狠伤害自己，但却没有丝毫力气，只能用微弱的声音同他说话。“对不起，我总是伤害你。”

“是我在伤害你。”他用呜咽的声音说。

“我们分开吧，”她似乎用尽了全部的力气，“这是我最后的请求，我配不上你。”

他用双手捂住脸，失声痛哭。那是平生第一次，爱丽丝看见瑞恩被彻底打垮的模样。当初刚从手术室里被推出来时，她因为剧烈的疼痛未曾注意，而如今在梦中，她就站在他的身边，看见他眼里晶莹的泪珠被白炽灯光映照得闪闪发亮。

忽然觉得有种来自现实世界的痛苦在心中弥漫。

她想伸手擦掉他的眼泪，却想起梦中的自己没有躯体。

你永远无法回到过去，去完成从前没能做到的事情，即使是在梦中也不行。爱丽丝默默对自己说。

撕心裂肺的疼痛从宇宙深处传来，混杂着愧疚、悔恨、遗憾以及无助的强烈痛楚，将爱丽丝从梦中唤醒。她睁开眼，发现自己正侧卧在床铺中央，左边的耳朵里盛满眼泪。她从未做过如此真实的梦。这个梦的清晰程度，甚至超越了清醒时刻的回忆。

梦里的一切都有温度和触感，她能看清自己的容貌和神情，能闻到血液的腥咸，甚至能看见晨光透过玻璃窗，在地板上留下的金色烙印。

这真的是梦吗？她问自己。梦真的可以如此详尽吗？

是幻觉吗？她以旁观者的角度重温了那段痛苦的记忆，醒来时反倒觉得有些轻松了。爱丽丝陷入沉思，身体还保持着醒来时的姿势，直到闹钟响起，将她拉回到现实中。她起身拉开窗帘，见天已透亮，播放机里的 CD 依旧匀速转动，美丽的浅紫色缓缓氤氲在阳光里。

这紫色似乎也出现在了她的梦里。

怎么会有人的声音是紫色的呢？她实在困惑不解。

她从播放机里取出那张碟，反复查看碟身，却还是一无所获。包装盒已经不见了，她打开电脑，尝试着搜索出录音者的姓名，却只查到似是而非的信息。

她拨通了明娜的电话，试图从她那里得到信息。漫长的嘟声之后，电话那头始终没有回音。明娜是晚睡晚起的人，此刻大抵还在梦中吧。

爱丽丝抬头看了看时间，决定先去洗漱更衣，否则上班会迟到。

撤回了定时发送的遗书和辞职信的她，此刻仍是需要上班的人。

第四章
面包和咖啡

“莎士比亚更喜欢面包还是咖啡呢？”明娜问。

“想抵御饥饿时喜欢面包，否则咖啡。”爱丽丝说。

“我问的是莎士比亚，不是你。”明娜爆发出剧烈的笑声。

“所有人都是这样的。你不要这样大声地笑，我公寓的屋顶承受不住。”

工作就是爱丽丝的面包。与父母断绝来往已近十载，她在这个世界上没有依靠。

出版公司坐落在城北的写字楼里，距离她的公寓有三十分钟的车程。

电梯攀升至第二十层，她随着鱼贯而出的人群缓步行进。向前，她感到轻微的眩晕。蜿蜒的米色走廊此刻显得拥挤。向前。墙体上悬挂着的立体主义画作似在转动，不断地收缩和扩张，仿佛南太平洋上的白色涡流，要将阳光、沙砾、船舶和海鸟都吸进另一个空间里。

向前。她徒步穿过海洋。

欧洲文学中心位于大楼南面，早晨九点时阳光猛烈得必须用百叶窗遮挡。三十平方米的房间被木质挡板隔成六块，墙角立着两个双开门落地书柜，专门用于存放样书。双层玻璃取代了房间四周的墙壁，整间屋子都暴露在周遭的目光里，毫无隐私。

爱丽丝缓步走到自己的桌子旁，看到上周插在细颈花瓶里的白色玫瑰依旧盛开，心里轻轻泛起愉悦的波澜。她脱下外套和皮鞋，换上舒适的棉质拖鞋，然后掏出笔记本，准备整理新引进的图书版权信息。

有人忽然递来一杯热咖啡，她抬起头，看见一位年轻的同事正满怀期待地看着自己。“听说路克周末去你家了。”他的声音是类似被烧焦的蓝黑色。

爱丽丝做了个不易察觉的深呼吸，礼貌性地喝了几口咖啡，再次抬头时眼神里的戾气已烟消云散。“他只是来拿书的，我就要搬家了，许多书带不走。”她温和地说，眼看着面前的同事带着失望的神色走开，对周围期待绯闻故事的人们耸了耸肩。

催眠者

眩晕感不断加深，自晨起时就忽隐忽现的头疼此刻越发严重，波纹状的疼痛沿着前额辐散开来。爱丽丝从抽屉里翻出一片止痛药，倒掉逐渐冷却的咖啡，起身去西面的露台抽烟。嬉闹交谈在身后渐渐淡去，缭绕在眼前的杂乱色彩慢慢消散。

二十七块的盒装蓝莓香烟，她偏爱的牌子，蓝色烟盒整齐平滑，极具设计感，盒子的纸张厚实饱满，握在手里有莫名的安全感。烟身里藏着两粒珠子，用食指挤碎后绽放出浓郁果香，混合恬淡薄荷的气息，在喉咙口留下短暂的清凉，烟雾流进鼻腔时浑身一震，通透明朗的感觉。

她曾为瑞恩戒掉香烟，用甜食、运动和冥想来抗衡身体内部的疲惫感，灵感匮乏时去远足，试图从自然界中摄取能量，虽不顺利，但到底坚持了两年。分道扬镳之后，她恢复到无所禁忌的状态。赶稿到深夜，不断和版权方洽谈，和晦涩的德文长句纠缠到黎明，消耗很多咖啡和香烟。

时至今日，在死亡边界游荡数次又平安折返的她，性情中的暴戾之气依旧没有散去。虽然戴上了人格面具，不再像童年时那样肆无忌惮，但她仍然是那个在喧嚣繁杂的人群中无所适从的个体，旁人的任何言语和行为都会触怒她，让她充满攻击欲，像潘帕斯草原上凶猛盘旋的秃鹰。

漫步在天台中央，湛蓝色天空里隐隐透出灼热日光，她微微有些出汗，低头时闻到汗水与蓝莓果味混搭的味道，掩盖了本就很淡的玫瑰香水。裤兜开始振动，刚睡醒的明娜问她早安。爱丽丝掐掉烟，在屏幕上输入几个字：“你那张盗版的光碟能借给我吗？”然后背靠墙壁蹲坐下来。

明娜那头久久没有回音，似乎是又陷入了睡眠。失落感油然而生，如同一朵水汽饱满的云覆盖在心头。她静静坐在台阶上，脚上的白色拖鞋无意识地晃动。

是CD的问题，还是他本就与众不同？她迫不及待想知道答案。

小提琴声忽然响起，一曲 *Por Una Cabeza* 合情合景，那是附近百货公司为招揽顾客而举办的露天音乐会。悠扬乐声连绵不绝，她在阳光和微风中眯起眼睛，脑海里浮现的是他的声音独有的紫色。史法兰中校能闻香识人，是否因为生命本身的联结被外部化？

当李瑛踩着夏洛特·奥林匹亚红鞋走进办公室时，爱丽丝已经回到了座位上，正用铅笔绘制一套精装书的装帧设计草图，在勒口和飘口处注明尺寸。公司决定再版威廉·萨默塞特·毛姆的作品全集，她需要时刻与设计师保持沟通，不断修改方案。

李瑛是欧洲文学中心的总编，爱丽丝的顶头上司。她在爱丽丝身边停下脚步，低头审视银灰色铅笔画过的地方，午夜飞行系列的香水气息缓缓飘散到书页和设计图上。

爱丽丝抬头微笑，神情温厚。“您需要热茶吗？”

总编没有说话，拿起橡皮擦去了大半张草图，示意她重新画。

“勒口做成7厘米，你用标准规格的8厘米就会丧失精巧迷人的质感，你们从德国回来的人，做事都太死板。”

身后的同事面面相觑，眼中流露出怨恨，嘴上却保持恭谨缄默。海外文凭是总编的痛点，也是她的逆鳞。二十世纪六十年代末出生的她不擅长外语，无法审阅外文稿件，而源源不绝涌入公司的后辈里却不乏精通数门外语、能力超群的人，她感受到了威胁。

“你的设计对象是图书，不是航天飞机或者精密钟表，没必要这样墨守成规。”

“是。”爱丽丝回答。

总编露出满意的神色，转身欲离开，出门前不忘留下一句指令：“爱丽丝，下个月你再去趟欧洲，伦敦书展的事情需要对接。买夜间航班，速去速回，不要耽搁。”

远赴异国出差并非光鲜的任务，个人产生的所有费用都要分摊到年终的利润结算里，是绝对亏本的交易，因此只有野心勃勃、极欲表现的人才乐于奔赴他国。爱丽丝心中明了，这个节奏紧张、毫无喘息时间的任务只能交给她。

坐在她身侧的女同事夏鸢精通匈牙利语和俄语，有与生俱来的社交手腕，业绩在全部门里鹤立鸡群，是总编最大的威胁，李瑛不会留机会给她。坐在身后的两位男士，一位是公司高层空降的骨干，历练几年后会晋升，总编不敢使唤；另一位性格太强，总爱指出旁人的错漏，不讨人喜欢。和所有企业一样，狭窄的六人间里，心思各异的人们各行其是，看似朝夕相处，实际却如同被银河阻隔的遥远星系。

三年前被提拔为总编的李瑛，全权掌控着所有外文出版物的选题申报、审核与筛选，她曾经是国内某电台旗下的新闻媒体人，十五年前正式进军出版行业，凭借精准的眼光和密集的社会人际网络迅速站稳脚跟。

顺风顺水地过了许多年，她的安稳生活被雨后春笋般茁壮发展的民营图书公司打乱，图书高度市场化的趋势无可挽回，国有出版社再也无法垄断市场。同样的资本投入和运营，民营公司以高度资本化的轮转模式抢占了大部分外文书籍的市场,从人文小说、诗歌散文到传记简史、社科文献，它们势如破竹的入侵让人不安。

面对业绩下滑、员工严重流失，李瑛没有显现出丝毫的慌乱和不安，每日依旧穿着从欧洲购买的精美时装和高跟鞋穿梭于不同部门之间，她的专权甚至延伸到极其细微的决策上，所有编辑都无权自行与译者、设计师、版权代理公司或是海外机构联系，所有的通信文件全部需要递交给她审核。

严以律己的她早晨七点半准时到达办公室，反复强调所有编辑的中文审稿量必须达到每年两百万字，外文书籍需要核对原文，因此，原本的两百万字实际上应该算作四百万字，一个天文数字。编辑们在这样的高压政权下感到窒息，纷纷辞职，她的恶名也就随之传开，没有任何人会向她投去善意的眼光，而她的趾高气扬却有增无减。

常年混迹于职场，爱丽丝感知到自己的锋芒气焰被慢慢磨损，眼里的疏离、冷酷和锐利却很难完全掩藏起来。李瑛知道爱丽丝的脾气，全公司也没有其他懂德语的人，因此很少来招惹她，即便发火也会有所控制，两人始终保持着上司与下属之间冷淡而礼貌的关系。

凌晨一点起飞，目的地是伦敦的希思罗机场。

伦敦书展是欧洲地区最大规模的版权交易盛会之一，影响力仅次于赫赫有名的法兰克福书展。然而出席活动、参与交易洽谈的往往是具有垄断性实力的欧洲片区书商，以及实力雄厚的跨国版权公司，其他人连分一杯羹的机会都没有。因此爱丽丝明白，自己的旅途颠簸，无非是为总编的年终报告添几分色彩罢了。

云霄航空是爱丽丝最熟悉的廉航公司，每隔数月就要搭乘这里的夜间航班去往欧洲。为了能在日益兴盛的航空产业中占据市场份额，公司以巨额折扣吸引游客，为保持利润，大幅延长检修时间，几乎所有飞机都处于长时间飞行的状态。

狭小闭塞的机舱里，座椅和安全带都有松动的迹象，耳机插孔时常失灵，拖鞋和清洁袋总是缺失。爱丽丝花了很长时间去熟悉这极端简陋的机舱和丛林探险般的旅途，渐渐懂得在出发前备好书籍、茶包和宽松的球鞋，用耳机隔绝旅客的抱怨声。

飞行延迟到凌晨两点，漫长的等待过后，她听见引擎的轰鸣，疲惫的机身撕开夜幕，把她带向遥远的陌生国度。机舱里的广播响个不停，让人心烦意乱。爱丽丝知道自己对声音的敏感程度高于常人，或许是联觉的缘故，每当在出租车里听见司机播放音乐或广播，总是要求关掉，并时常因此招致谩骂。

戴上降噪耳机，她打开手提电脑，准备趁飞行时读一些书讯和稿件。

版权公司推送来的书讯电邮早已提前缓存，她用食指轻轻敲击触摸板，一封封地打开标题被加粗的电子信件，在随身携带的笔记本上写下评估意见。

当初她拿着海德堡大学的社会学硕士文凭，去出版公司应聘社科类编辑的岗位，人力资源主管和总编却觉得她更适合文学类书刊的策划编辑，硬生生把她安排在了欧洲文学中心。

事实证明，这个决策是明智的，她很快就熟悉了出版流程，业绩持续走高。然而她的上司们并不知道，她并非不知道自己的文学潜质，只是不愿再陷入艺术气息过于浓厚的岗位。复杂人格所赋予她的创造力和敏锐度，是以加深她的不稳定性为代价的。

她的手指不断向下滑动，关于图书的最新资讯纷纷跳入视线，如同夏季雨前缺氧荷塘里争相跃出水面的鲤鱼。她的笔记本上密密麻麻，笔尖却依旧在跳舞，这是她防止自己迷失在浮光声色的书海中的策略。

《在阿巴拉契亚山脉下》

Under the Appalachian Mountains

勇敢的极地探险队历时八年完成的旅行笔记，记录全球气候变化的里程碑式巨作。在阿巴拉契亚山脉与海洋交汇的地方，枯黄雪松、白色骨架与苍翠的原始森林形成鲜明对比，Obus的团队试图弄清该地区的人们正在经历着什么——他们是怎样应对快速变化的环境和以光速灭绝的树木草植的——他们的应对策略能否对未来有所启发？《纽约时报》畅销书排行榜榜首，《泰晤士报》鼎力推荐。

《查尔斯·布莱曼的睡前笔记》

Charles Brightman's Bedtime Notes

作为世界顶级的香水设计师，查尔斯·布莱曼的字典里没有将就。对气味的特殊癖好搭建起他走向职业巅峰的桥梁，同时也带给他不少麻烦。而本书将揭开布莱曼的神秘面纱，通过他的睡前笔记，讲述一个个完整而真实的故事。他的生活趣事，他的复杂性格，他的信仰和对宗教的深刻思考——包括伊斯兰教，都将在文中被详细阐述。

《上帝的浴袍》

The Bathrobe of God

上帝的浴袍下藏着什么？魔幻现实主义的继承者、后拉美文学爆炸时代的领军人物，阿根廷文学的代表人何塞·马里尼奥沉寂七年后创作的首部短篇故事集。最舒适的阅读节奏，最天马行空的奇思妙想，最深入人心的社会共鸣。该作品入选布克国际文学奖名单，一举摘获纽斯塔国际文学奖。

《重读：在巴塔哥尼亚高原上》

Reinterpretation : On the Patagonian Plateau

年轻的美国女作家玛丽娜·奥赛决定追随布鲁斯·查特文三十年前的足迹，只身前往南美洲那片美丽广阔的土地——巴塔哥尼亚高原。她颠覆性的文字将带你走进全新的文学世界，重新领略宏观故事背景下，由一个个古怪而精彩的独立事件拼凑出的伟大而热烈的旅行笔记。

《圣彼得堡三部曲》

The St.Petersburg Trilogy

新生代俄罗斯长篇小说家、家喻户晓的文坛新星安东涅夫的新锐之作，撼动整个欧洲的史诗三部曲，被总统誉为“当代的荷马史诗”。三部作品写尽圣彼得堡的前世今生，将涅瓦河的水引入每位读者的心扉。

书名和简介都完美无缺，成熟版权代理公司发来的书讯始终无可挑剔，字里行间都散发着源源不绝的诱人气息。她循序过滤掉不具备畅销潜质的作品，然后开始精挑细选。

入行三年，她已熟悉规则。奖项、桂冠和勋章，在畅销书排行榜是永恒的标准。人们疯狂追求文学奖项，如同蜂群追寻花蜜的气息。声名鹊起的年轻作家络绎不绝，头衔是行业通用的摩尔斯电码。

孩童的哭声传来，像千万根细小的银针刺痛她的耳膜；后座的两个中年男子开始玩扑克牌；身边那个体态臃肿的陌生女人陷入睡眠，发出巨大的鼾声。耳机在此时显得毫无作用，她感到双侧太阳穴不断跳动，隐隐透着疼痛。

再也无法阅读任何文字了。爱丽丝索性关掉电脑，拿出开着飞行模式的手机。

临行之前，她把《爱丽丝梦游仙境》的光碟导成了电子音频。从明娜处借的盗版光碟依旧绵延出神秘的紫色，这说明是音频本身的问题。爱丽丝也曾找机会试探过明娜，发现她并未察觉出任何异样，便也不再多言。出于某种奇异的私心，她暂时不想透露这个秘密。

普罗米修斯。爱丽丝在光盘的包装盒上找到了他的艺名，却依旧没能在网络上找到有关他的信息，搜索出的只是些关于希腊神话的零碎信息。

按下播放键，他的声音从遥远的天空深处传来，温柔得像夏夜洒在海面的月光。一片浅紫色浮现在眼前，在昏暗狭窄的机舱里显得如此美丽荒诞。爱丽丝忽然有种如释重负的感觉，随即又马上意识到，自己竟有几分担心，害怕这声音会忽然失去那独特的颜色。

他的语速适中，字正腔圆，偶尔能听出几分南方口音，温润清透的声线让萦绕在眼前的浅紫色时而泛出透明的光泽。有那么一会儿，爱丽丝竟觉得自己仿佛置身薰衣草盛开的花海，配合着故事主题，倒是十分应景。

不过，这一回瓶子上倒并没有写着“毒药”，所以爱丽丝就大着胆尝了一口，那味儿倒很不错，有点像樱桃饼、奶油冻、菠萝蜜、烤火鸡、冰淇淋和热腾腾的黄油面包混合在一起的味道……

再次邂逅他的声音，她感知到身体的变化，不再是充满戒备、清醒警觉的状态，反倒像遇见旧友时那样松弛而愉悦。合上双眼，她靠在椅背上，缓慢地调整着呼吸。封闭已久的机舱满是陌生人的气息，而他的声音就像一道隐形屏障，将她与世界暂时隔绝。疲惫感如期而至，如同涨潮时分的海浪，逐渐将她淹没。她没有拒绝。

第五章
荆棘迷宫

1

儒安的春天来得很早。

地处南方，这座岛屿地气温润。

不过三月初的光景，街巷里的玉兰和栀子花就已尽数盛开，像尚未发育成熟的豆蔻少女，在晴光里迫不及待地展现着娇柔身姿。清晨六点，早餐铺里热腾腾的豆浆吹出白色蒸汽，把略带寒意的晨光撩拨得汗水涔涔。食物的气息充满大街小巷，如同年节时分的烟火炮仗，时刻昭示着小镇旺盛的生命力。

思和在这里出生，整个童年和少女时期的记忆里都夹杂着海水的咸味。

小镇坐落在海岛的东南边，春天的山坡遍布着野生杜鹃、海棠和茉莉。粉白相间的杏花顺着树林蔓延过层层山丘，茂盛如涨潮时分的海浪。初夏时，雷雨震彻山林，枝干粗壮的梧桐和香樟被劈断，枝叶飘落到泥土里，大雨过后散发出类似迷迭香的辛辣气息，薄荷草般刺激着探险者的感官。

镇上不过千人，几乎家家都有渔船。普通人家的船是木质的，外面涂了一层特制的红漆，用来抵挡海水的侵蚀。他们会在船尾安一台马达，开起来如同摩托车飞驰而过，在水面划出一道伤口，然后迅速愈合。富庶的人家偶尔有小型轮船，灰白的铁皮、狭窄的甲板和船舱，船身悬挂着橘红色的圆形救生圈和软梯。

退潮时分的海滩满是搁浅的海洋生物，穿着盔甲的螃蟹挥舞钳子，鱼虾反复扑腾着想回到海里，小小的扇贝埋在湿漉漉的沙土中，需要用手扒开才能找到。孩子们喜爱在此时提着篮子去海滩，将搜集来的海产带到集市，换取糖果、饼干、漫画书和彩色橡皮，有的人偶尔能跟随父母出海，回来时总带着不可一世的骄傲神态。

每年七月，台风在海岛上肆虐，持续的雨水冲刷着小镇，即使是高高建起的宅院也不能抵挡。积水达到数米，漫延到房屋内，许多器皿和板凳漂浮在水面上，相互碰撞，叮当作响。孩子们欢喜地叫喊，成年人止不住地咒骂。街道上狂风大作，吹倒一棵大树或是折断电线杆是寻常的事情。

催眠者

思和出生的那个夜晚，母亲在睡梦中看见了海滩，海滩上若隐若现的贝类自由散落，星空异常明亮，海浪却无端大作，海风呼啸。母亲感受到海风的冲击，长发飘散在空中，眼前巨浪翻滚如同末日，吞没了靠海停泊的渔船。她在惊惧中醒来，感到腹部剧烈地疼痛。

她给女儿起名思和，意在对抗梦中猛烈翻腾的狂暴海面。

思和没有实现母亲的夙愿，野得像匹马。

春日里翻进邻居的院子摘花，用清水沥净，悄悄搁在外祖母床头。赤着脚去海滩踩水，把贝壳装在口袋里，用油料刷上颜色，拿到班级里换取数学作业的答案。家里的渔船时常被人霸占了泊位，她便在夜里潜伏到海边，用小刀扎破他们的船身。

时常不做功课，她的理科基础薄弱，却愿意用零花钱买下成堆的外文小说和先锋派诗集，偏爱那些无法彻底读懂的大部头书籍。

《斯堪的纳维亚半岛自然史》《包法利夫人》《迈克尔·布洛克诗集》《荣格心理学》《约翰·克利斯朵夫》，她沉浸在似懂非懂的文字里，拿着铅笔和直尺在书本上写旁注，用圆珠笔在父亲的烟盒上写诗。语言的天赋很早就显现，很晚接触外语的她痴迷于晚间未知电台的英文广播，在无法听懂的连贯发音中寻找规律，模仿着卷缩舌头，调整鼻音和喉音的部位，不知疲倦。

周维良出现的那个春天，她在镇上念初中。

年满十四，她的浓密长发乌黑油亮，日益茂盛，逐渐丰盈的身形藏匿在松垮垮的校服下面，如同被薄雾笼罩的蓬勃春意，一见到日光就要疯狂蔓延。

昏昏欲睡的午后，她看见他站在人群中间，皮肤黝黑，头发剪得很短，细瘦的四肢像庭院里的常青树，高挺的鼻梁上架着细巧的金边眼镜，神情带着几分桀骜不驯。虽然已年过四十，但他依旧有着年轻人的轻盈体态，棕色皮带扣住的腹部没有赘肉，走起路来步伐迈得很开，永远是那副精力充沛的模样。

初见时无知无觉，再次相遇却为之沉醉。

正值豆蔻年华的思和，宿命般地爱上了眼前朝气蓬勃的中年男子，为他的沉默和稳重心醉神迷。彼时他在图书馆有份闲差，又是居委会邀请的文化讲解员，每周一次为镇上居民讲解基础的科学知识，学校也时常在周五下午组织学生前去听课。

简陋的露天讲演场，几张油漆剥落的木质桌椅挤在一起，心不在焉的少男少女们交头接耳，声音大得几乎如同菜市场，丝毫没有讲学的气氛。可每当他站在那里，瘦骨嶙峋的右手轻轻插进裤兜，坚毅深邃的眼窝里渗出笑意，思和便魂不守舍，一颗心浸润在春日的湖水中。

弹丸之地没有秘密，她旁敲侧击地打听他的过往。年过四十的他离婚多年，与妻子共同抚养儿子，曾经在乡镇中学担任物理教师，后因不愿遵循教材授课，总爱与学生随性漫谈而与校方起了冲突，干脆辞职去了图书馆。

街坊们对他的不求上进嗤之以鼻，思和却迷恋他桀骜不驯的气质，带着几分玩世不恭，与周围所有人都不一样。日日期盼着周五的到来，她期待看见他轻松自如地走到人群中央，略微褪色的黑皮鞋上还带着露水和泥土的痕迹。她对他如此痴迷，以至于独处时常常模仿他走路的步伐，他拿笔的姿势，还有他略带卷舌的北方口音的普通话。

偷偷给他写信，在白色信封里塞满晨起收集的玫瑰花瓣。诗歌和日记，有时也会是画报上剪来的插画，或是手抄的歌词，都装进那小小的纸袋里。她把信藏在他的手提包里，有时也放进他黑色长衫的口袋里，讲座结束后赖着不肯走，磨磨蹭蹭地去找他，向他请教一些并不想知道答案的问题。

他没有揭穿过她的小把戏，对她的深情和迷恋照单全收，却不曾给过她回应。不与她搭话，也不拒绝她幼稚的发问。讲演途中偶尔用目光扫视她所在的角落，或者走下台去，慢慢经过她的身边，深色衣角拂过衣袖，感觉到她逐渐缭乱急促的呼吸声，听上去像极了涨潮时分的海浪。

他的沉默点燃她的斗志，她像被花蜜灌醉的猛虎，疯狂扑咬，要把他抢到自己怀里。夏天来临的时候，她披着蓝白相间的宽松校服，袖子挽得高高的，露出细瘦洁白的手臂。她游荡在他的身侧，低着头，凉鞋的棕色绑带里隐隐露出小小的脚趾。

她深情而卑微地唤他，请他在笔记本上画最简单的受力分析图。他接过笔，手指触碰到她的手背，然后触电般地弹开。他安静地画下整张示意图，余光瞥见女孩绯红的面颊，像黄昏时分缠绵在天际的落日霞光。

“能看明白吗？”他问。

沉浸在幻想世界里的她忽然惊醒，低着头跑开，连钢笔都顾不上拿走。

迂回辗转，她匍匐在秘密战壕里，慢慢向他靠近。

“你对物理很感兴趣？”他温和地同她搭话。

她笑了，并不点头或是摇头，双手的食指紧紧交缠在一起。

短暂的沉默，两人都没有说话，她藏在他衣兜里的信封微微露出一点白边，如同岩石裂缝里探出头来的一小朵野花。他张嘴似乎要说什么，却犹豫着没有开口。

转身离开的瞬间，女孩快步向前，拉住他的衣角。

她右手搭在他的手腕上，迟迟不肯松开，他诧异地回过头，看见她潮红的皮肤上闪过羞涩，随后却又佯装出不可一世的姿态。

“你为什么不给我回信？”她问。

他被她的直接惊得说不出话来，只是抽回了手，默默插进口袋里。

“你是不是不喜欢我？”她毫不退缩。

“傻孩子，你年纪还很小。”他用连自己都无法说服的话搪塞她。

“那等我年纪不小的时候，你会喜欢我吗？”

她的眼里波光粼粼，似有魔力，让本不出众的面部轮廓显得格外动人。他实在不知该说什么，只得以事务繁忙为由匆匆离开。

熄灭已经点燃的火焰并非易事。

拉住他手的那一刻，她就知道自己已被接受。

他没有条件反射地抽出手来，他的犹豫暴露了藏在心底的秘密。一种本能。

如同获得奖赏一般，她以更笃定热烈的姿态追逐他。放学后在图书馆门口拦住他，送给他漂亮的五色石头，把拾来的贝壳涂成粉色，在里面装满荧光纸叠成的星星。

“我要和你去海上看星星。”她说，“我有一副望远镜。”

夏天快要过去的时候，她得到允许，晚自习过后去找他。

八点过后的街道静谧得近乎暧昧，她老远就看见他的身影，安静地坐在路灯下面，手里拿着小小的一本书。她悄悄踱步到他身后，用手臂搂住他的脖子，鼻尖摩挲他的耳根。夜里坐他的脚踏车回家，她用尚不饱满的胸部贴着他的后背。铺天盖地的肥皂清香将她包围，她飘飘欲醉，像跌落在一朵绵软蓬松的云里。

“你从没说过喜欢我。”她的语气里带着娇嗔。

他不吭声，伸手揉了揉她的头发。

“我要你说喜欢我。”女孩不依不饶。

他用手捧起她稚嫩的脸蛋，在那里落下许多个吻。

令人绝望的爱情建立在彼此内部世界的匮乏之上，她和他试图抓住彼此，以虚妄的情欲填补空白。

不惑之年的陷阱。匮乏和衰颓，偏远宁静的海岛小镇潜伏着某种危机。

他没有实现少年时的梦想，在大城市颠沛流离，然后选择逃回故乡以教书谋生。习惯了当生活的逃兵，言行举止间透露着本能的怯懦，图书馆成了他的避难所。他在循环往复的岁月中逐渐老去，被棋牌室和破旧歌厅侵占了光阴，始终碌碌无为。

因媒妁之言而结合的妻子愚钝朴素，无法体会他所谓的浪漫情调，两人始终格格不入。从学校辞职的他薪水骤减，甚至无法支撑家庭开支，忍无可忍的妻子选择离婚。感觉到年华将逝，他内心渴望涅槃，肉体却日渐滞重。生命的步调从不停歇，他被困在原地，心神俱疲。

她的出现如同流星划过夜空，美好的少女之躯，他对青春的眷恋在她身上复活。

他走过她的身侧，听见她手忙脚乱碰倒茶杯的声音，看见她低头收拾残局时露出的一小片背部皮肤，内心燃起若隐若现的希望。念她写来的信，在那歪歪扭扭的黑色字迹中看见繁花盛开，他预见了自己的放纵和沦陷。

清晨走进图书馆，迫不及待地寻找她的踪影，看见她扎着粗粗的麻花辫，坐在大排书架底下的角落。透过茂盛树叶，阳光的印记打在她稚嫩的脸颊上，像一道道金色符咒预示着未来。墙外有火红蔷薇盛放，栀子花枝悄悄伸进窗户，她偏过头去嗅，稚嫩细小的鼻尖微微皱起，如同山林里以露水和花蜜为食的梅花鹿。他感觉心湖被红色蜻蜓轻轻撩动。

寂静无人的夜晚，他送她到家门口，看她踩着小碎步跑进院子，熟练地翻进窗户，然后坐在窗台上向他飞吻。他笑着挥手，转身离开，仿佛回到了青涩的学生时代。

在某个隐秘的生命角落里，他借她之手，盗取了时光的钥匙。

2

我们在沉寂的夜色中
穿梭，田野空旷
金色稻子碎裂在风中
甜美清澈
泥土纵容了堕落的生长
沸腾，耻辱的幸福感
我们在绵长的黑暗里

看云，十指相扣

听夜空下的小提琴和圆舞曲

天真放纵

你注视我的视线有无尽的

波浪，我无处可去

那一刻

我们一样的孤独

3

美好只在瞬息。海岛的夜变得寒凉，骤雨过后，厚厚的树叶堆积在街道，清冷而孤寂。

心碎的女孩赤脚走过花地，独自漫步在海边，长长的白色裙摆被打湿。她把手里的望远镜搁在船头，擅作主张地解开一艘小船的绳索，借陆地吹向海面的风力出航。

他曾答允要带她去看星星。她想要去看星星。

巨浪掀翻渔船，渔具和望远镜被卷走，被漫无边际的黑色海水吞没。

女孩沉落水中，挣扎着想浮出水面，却被倒扣的船身牢牢困住。午夜时分的大海冷酷决绝，它带着玉石俱焚的决心，凄怆得像头受伤的野兽。毁灭。那是它永恒的原动力。

头顶的星光销声匿迹，一切重归寂静，风浪抚平了海面的波纹和褶皱，它充当着漩涡的共犯，销毁了所有的证据。她在没有光亮的漆黑海域持续下沉，深水地带暗流席卷，她的身体慢慢旋转，长长的白色裙摆漂浮起来，露出被荆棘刺伤的小腿和脚掌。

死亡的边缘，她已不再挣扎，肺部被冷水填塞，血液里的氧逐渐减少，身体的每个细胞都因缺氧而绝望呐喊。她的意识尚未完全涣散，她依旧能感知肉身的痛苦，夏末的闪电撕裂夜空，光芒撞碎海面，她在永恒的黑暗里，看见希望的火光。

天空深处传来清脆的碎裂声，漫长的天旋地转。

爱丽丝从梦中醒来，发现自己正用双手紧紧捂住胸口，呼吸不畅。手机摔落在地上，屏幕被撞得粉碎。

她不记得当年的自己是如何离开水面的。

缺氧的机舱让人觉得窒息，她发现头顶空调的出风口有故障，反复调试也无法开启，只好点亮呼叫灯，请求空乘为自己更换座位。空乘将她安置在机舱前部靠舱壁的位置，并很快端来热水和胡萝卜汁。她靠在椅背上，被汗水渗透的衣衫粘在后背。

又是这样真实的梦境，和前不久的那次一样，真实到连她自己都无法分辨。唯一的不同之处在于，这次她根本没有意识到自己身处梦境。梦里的她化身为娴熟的潜水者，不断潜入记忆深处的未知海域，重温那些连她自己都很少再去回忆的画面。

她闭上眼，看见自己被荆棘刺伤的双足被海水浸泡得发白，披散的黑色鬈发如同水藻。再往前，他在空荡无人的房间里吻她，舌尖触碰到她的上颚，激起心底的千层涟漪。他抱起她原地旋转，在随时都会被人发觉的危险地带，以痛换取短暂的狂欢。

他身上的气味持久不散，让人想起春日庭院的玉兰和海棠。

心脏因困惑而不断紧缩，有那么一会儿，她沉浸在虚实交错的混乱时空里，如同迷失在北极光下的驯鹿，满眼皆是苍茫的洁白雪原。这不是梦，她对自己说，没有人的梦境可以如此真实，她几乎是回到了那个逝去的时空里，重新经历了一遍往事。

睁开眼，优雅的紫依旧氤氲在空中。

她皱起眉头，神色里的困惑有增无减。上次做梦时似乎也正听着这张 CD。

是巧合吗？

距离降落还有三个小时，她从窗口俯瞰灯火通明的圣彼得堡。

深黑色原野之上，无数的橙色光点相互叠加，汇集成繁华不夜都市，那景象像极了儒安小镇，她的故乡。离开多年也不曾回去，若不是今日梦见，她都不记得那座海岛还有如此盛景。

她和他的事情被揭发的半年之后，父亲带着全家搬迁，从此远离了故土。她不知道他后来的境遇如何，只知当年，在民风保守的渔村，所有人都对这段不伦之恋感到震惊。周维良被革除职务，遭到包括前妻和儿子在内所有人的唾弃，找不到任何工作，只能靠存款维持生计。

年少无畏的她执着于情爱，偷偷从家里跑出去找他，在居民楼底下喊他的名字，被闻声赶来的家人连拖带拽地带走。数日后他来找她，她惊喜地翻出窗户，踮起脚尖，用双手搂住他的脖子。“我好想你，”她说，“我愿意和你逃走。”

他的拳头落在她的腹部，一阵灼热的疼痛从胃部蔓延。

她愣在原地，想弄清事情的缘由，而他却没给她思考的时间。

丢了面包又颜面扫地的他几乎失去理智，本想借酒消愁，却招致了更剧烈的情绪地震。他愤怒而挫败，痛恨她的无耻放浪，将罪孽归咎于她的魅惑和引诱。

他的拳脚雨点般不断落在她身上，她束发的红头绳被扯断，乱蓬蓬的黑发披散下来，和着眼泪粘连在面颊上。白色睡裙被污泥弄脏，她躺在地上，双手捂住受伤的腹部，嘴唇因为疼痛而变得煞白，却始终一声不吭。

精疲力竭的他把她从地上拉起来，拽着她的头发把她按在墙上，另一只手狠狠掐住她的脖子。面颊涨得通红，她因窒息而剧烈地咳嗽，眼泪顺着眼角流淌下来，滴进泥里，整片土地都变得伤心起来。

“你要杀了我吗？”她在心里问他，“你这样恨我吗？”

闻声而来的家人终于把暴徒按倒在地，她倒在泥泞中，被送往县城的医疗室急救。

停课。休学。她的生活在清醒的那一刻跌入谷底。父母因为愤怒和厌弃，来探望时总是异常沉默，只有外祖母日夜守护着她，同她说话，在她默默流泪时帮她擦拭脸颊。

回忆之门重新开启，爱丽丝下意识地用手捂住肚子，平静神色里藏着不易察觉的哀伤。那次变故之后，她的子宫和其他脏器受到重创，险些危及生命，即便是在痊愈以后的许多年，她也时常因为经期紊乱、出血量过大而备受折磨。

那是她最后一次见到周维良。他凶狠扭曲的面容被月光照亮，隔着岁月，渐渐变得模糊起来。如今再去回忆，他依旧是最初的模样。黝黑的皮肤，四肢修长，高挺的鼻梁上架着细巧的金边眼镜，黑色皮鞋带着露水和泥土的痕迹。

爱丽丝知道自己从不恨他，即便挨打也毫无怨言。这是她亏欠他的痛苦，她理应承担。

可是为什么呢？多年以后再次梦见他。

周维良是连瑞恩都不知道的过往。

与瑞恩相伴三年，爱丽丝几乎同他讲述了所有的往事，却独独跳过这段回忆。她并非有意隐瞒，只不过记忆太过疼痛，身体的防御机制下意识地将它进行了模糊处理，仿佛是一种在潜意识里暗自发生的催眠术。

时至今日，爱丽丝终于承认，父亲的缺席酝酿出潜在创伤。

在成年之后的许多年里，她依旧在人群中寻找他的踪影，反复爱上有过婚史的年长男子，认定他们是已经被其他女性证明过价值的存在。她像伺机而动的猛虎，嗅觉敏锐，对锁定的目标穷追不舍，直到遍体鳞伤，遭到世界的驱逐和流放。

相爱，然后毁灭。她既不后悔，也不认同当年的自己。

她曾追逐欢爱和疼痛，以此来感知自身的存在。她那卑微的、在否定的土壤里抽芽的生命，以疼痛的瞬间为节点，被分离出小片的记忆，在时间的长河里遥遥相望。

那蜉蝣般短暂的刺痛如同灯火，照亮她漆黑的夜。

重拾记忆的瞬间，她以为自己又将经历一次痛苦的洗礼，像从前那样，被往事鞭笞和羞辱。然而事实是，此刻喝着胡萝卜汁，俯瞰欧亚大陆夜间盛景的她，比上次醒来时更加如释重负。痛苦的闪电划过长空，烟消云散。

“对不起。”她说，对自己也对周维良。

闪电劈开夜空的刹那，她与自身达成了某种和解。

第六章
所有白昼皆是黑夜

婴儿时期的感官触觉来自外祖父母，那是潜藏在意识深处的记忆认知。他们的抚摩留存在黄昏和深夜的睡眠里，在生命的初始阶段，赋予她安全感。

在思和略微长大些以后，他们用混杂着南方方言的话语同她交流，唤她囡囡，那是南方女孩特有的闺阁小名。他们之间的维系强韧而隐秘，以至于成年后，她反复尝试亲近父母而不得，却始终不曾发现这个秘密。

成长初期的往事已蒙尘埃，如今已无迹可循，记忆碎片里的外祖父，用脚踏车载她穿街走巷，在雨雾迷蒙的天气里，去点着灯笼的酒家买刚出笼的鲜肉包，偶尔也配碗红枣桂圆汤。她模仿母鸡鸣叫，将红枣核吐在他的手上，看他旁若无人地大笑。

过于亲密的关系会损耗能量，是孤注一掷的情感投射。

外祖父离世的时候，思和还不满十岁。他们之间没有真正意义上的告别。白色房间里的仪器显示，他的脑波已静如湖面，而心脏却依旧强劲地跳动，带着鱼死网破的决绝意志，仿佛要从那瘦骨嶙峋的胸腔里挣脱出来。

那是她所见过的最猛烈的挣扎。

最后他的心跳渐渐慢下来，如同宝石沉入湖底。缓慢、坚决、无声无息。他在生命的湖泊里沉了下去，连带着她与这世界的丝丝维系，永远地消失不见。

外祖父去世以后，外祖母的乌黑发辫开始夹杂灰白的颜色。

她在夜里哭泣，细小的啜泣声回荡在房间上空，像一个个忧伤的音符。夏夜里的萤火虫飞进屋子，在思念的哀歌里飞舞，思和躺在床上，用被子擦拭眼泪。

在往后的许多年里，爱丽丝无数次梦到当年的景象。成群的萤火虫点燃黑夜，给人希望，也让人绝望。寂静长夜过后，黎明的微光里有令人心碎的明媚。

“我知道我会再见到他。”外祖母说，“我一直在等待重逢的时刻。”

“我不要。我不要。”年幼的她总是这样哭喊，希望能永远留外祖母在身边。

外祖母把她抱在怀里，深深叹息。

陌生的国度，爱丽丝躺在伦敦旅馆的小床上辗转，无法入眠。

连续五日奔走于展厅，背包里装满最新版的新书宣传手册。重操旧业般地为合作方提供英德互译的服务。没时间吃午餐，在展厅门口的流动餐车上买坚硬的黑面包和三明治，混合着冷水咽下，潦草整理好仪容后迅速投入下一轮版权谈判。左脚脚跟被球鞋磨出水泡，她把袜子拉到脚踝，贴上透明胶。

见到安妮的时候，她正在中国展区的附近徘徊。四月的伦敦阴郁寒冷，她穿着单薄的格子夹克站在风里，肩上的黑色书包塞得鼓鼓囊囊。书展临近尾声，许多代理人已经提前回国，爱丽丝完成了所有的工作，打算找个安静的餐厅坐下来吃饭。

擦肩而过的间隙，安妮看见她胸前的工作牌，眼里瞬间露出欣喜的光芒。“你是出版圈的人吗？”她小跑着跟上爱丽丝，怯生生的声音里透出紧张和期待。爱丽丝停下脚步打量眼前的女孩，发现她二十岁左右的年纪，皮肤有点黑，黑头发在身后编成长长的辫子。

“我是。”爱丽丝说。

女孩欢天喜地地从背后拿下书包，沉甸甸的背包落在地上，发出砰的一声闷响，爱丽丝这才意识到她的背包有多鼓。拉开拉链的瞬间，一个尚未熟透的苹果滚落出来，女孩连忙捡起来，脸颊涨得通红。她从背包里拿出厚厚的笔记本，纸张边缘夹着五颜六色的便笺条，她把本子塞到爱丽丝手中，示意她翻开。

“这是我正在创作的小说《七日》。我希望找到愿意出版它的公司。”

爱丽丝低头去看手里的笔记本，见她的字迹密密麻麻堆积在纸张上，像雷雨之前急着搬家的成群结队的蚂蚁。抬起头，女孩热切的眼光让她难以拒绝。爱丽丝邀请她一起吃午饭，想顺便听她讲述故事大纲。

“我吃过了……”女孩面露难色，“我下午一点整还要去打工。”

爱丽丝注意到，她身上的格子夹克非常老旧，袖子和领口都有裁剪的痕迹，脚上的男式球鞋也显得过于肥大。女孩注意到她打量自己的眼光，脸涨得更红了，手指紧紧捏着刚才捡起来的苹果，几乎要把它捏碎。有一瞬间，爱丽丝很想询问她的身世。

片刻的沉默之后，爱丽丝递出自己的名片，请女孩有空时发邮件联系她。

女孩接过名片，惊喜得几乎要落下泪来。“天哪，天哪！”她禁不住喃喃自语，“你是这么多天以来第一个给我名片的人。我没有名片给你，但我会写邮件给你的。”

“我还不知道你的名字。”

“安妮，我叫安妮。”

时差和疲惫交替来袭，每日夜里都要以药片入睡，直到实在厌烦了药物，宁可彻夜清醒。空气中满是陌生人的气息，薄薄的窗帘遮不住街灯，黄色光线渗透到屋内，把墙壁和天花板上的印花图案映照得格外清晰。她起身喝水，反复按摩酸胀的肩颈，思绪烦乱。

安妮的邮件当晚就来了。她把故事的第一个章节制成电子版发送给爱丽丝，并在信里介绍了自己的身世。父亲去世，母亲通过婚姻来到英国，数度离婚再改嫁，几年前又生育了一个男孩，现在正在医院做保洁工作。十九岁的安妮去年九月刚刚考入大学，依靠母亲的资助和打工的收入支付学费。

> 我写的是一个纯粹的故事，不是悬疑侦探、生化危机，也不是动辄山盟海誓的爱情或者可歌可泣的烽火岁月，我对那些事情没有兴趣。我要写的是一个少女与老年男子的爱情，她在潮湿多雨的热带海岛遇见他，短暂的七日相逢成为她生命的分水岭。

爱丽丝给予她坦诚的回复，告诫她这样的创作主题涉及禁忌，会对出版造成阻碍，也告诉她国内出版界的现状。有名的作者自然不在话下，无名之辈要出版这样剧情性弱、争议颇多、旨在探索内心世界的书籍非常困难，除非你愿意出一大笔钱。

安妮的回复中透露出失落的情绪。

我没有钱，可是这个故事对我而言意义重大，我在创作中得到救赎。你相信吗？我曾经无数次想过自杀，是写作拯救了我。最艰难的时候我常常告诉自己，这个世界上肯定有其他人也在经历痛苦的煎熬，这个故事既然能拯救我，或许也能宽慰别人。这样一想，我就觉得自己不是一无是处。

意料之外的回答带给爱丽丝震撼，这个黝黑瘦小的女孩在写作面前，忽然变得这样勇敢强大，甚至还有几分拯救他人的英雄主义情怀，这与她深藏心底的愿望不谋而合。数年前在出版公司面试时李瑛曾问她，为什么想在出版界工作，她说希望给懂得诉说的人一个机会，为需要倾听的人找到通道。李瑛不以为意，笑她天真。

她打开附在邮件里的电子文档，开始阅读《七日》的第一章。安妮的文字和她本人一样，带着不谙世事的天真纯粹，笔法稚嫩，却又在表象之下埋藏着蠢蠢欲动的灼热欲望，仿佛清透的雨滴洒落在森林火焰之上，迸发出交缠撕扯的缠绵力量。

爱丽丝忽然对她萌生出信心，约她第二日午后在展馆附近的咖啡厅见面。

约好的下午茶没能如期而至，陷入睡眠的爱丽丝再次梦见过往。

童年时候的记忆反复涌现，无数萤火虫带着光亮飞行在半空中，栖息在树林和草丛间。雷电越过小镇上空，她灼热的唇感受到雨点的冲击，地上的水洼里月光抖动，被捣碎的银色水面倒映出山峦叠影，如同匍匐在漆黑雨夜里的魔障。

凌晨四点，她在并不深沉的睡眠里继续潜行，隐约见到盘旋在半空中的昆虫将她团团围住，轻轻落在她白色亚麻裙摆上，寂静圣洁得如同某种宗教仪式。片刻之后，它们离开房间，飞向不知何处的远方。

爱丽丝收回目光，看见最后那只小小的萤火虫仍然停留在她的头顶上方。它飞得这样缓慢，这样恋恋不舍，仿佛在空中遗留的每道光晕都是剧演的终章。

漫长的告别，它飞出窗外，在沉寂的夜里消失不见。突如其来的暴雨席卷海岛，闪电击中门前的柏树，将它劈成两半。

爱丽丝从梦中醒来，看到手机上显示着瑞恩的十几个未接来电，只觉得心被灌了铅，从胸腔里重重坠落下去。外祖母终于还是走了。

时光流转，她重新回到清冷的白色房间。

立方体式样的封闭空间，光滑无瑕的洁净墙体上没有窗户。

催眠者

外祖母躺在房间中央，白色布料没能完全掩盖她身体的轮廓，从远处看，让人想起儒安的山峦掠影，常年被雨雾笼罩，晴空下微微泛起青蓝色光泽。

她没有看见她死去，她尚未退去余温的肉体有沉睡的痕迹。爱丽丝伸手触碰她的脸颊，感觉到那熟悉的电流刺破指尖，和从前任何时候都没有分别。

她从口袋里掏出唇膏，小心翼翼地擦干净表面，轻轻涂抹在外祖母苍白的嘴唇上。

她曾用这双唇亲吻她，讲故事时嘴巴开开合合，咀嚼食物时又紧紧抿住，扭转成模样滑稽的微笑。她用这双唇呼唤她的名字。“囡囡。”她说。那是爱丽丝见过最美的天蓝色。

记忆中的外祖母有强大的臂力，能用一条胳膊抱住她，然后用另一只手扫地、浇花，清理院落。她的发油散发出迷人的香，她高高盘起的发髻里藏着童年故事和一千根魔法发夹。如今她的肉身竟然缩得这样小，仿佛是反复清洗的羊绒衫，瑟缩得让人不忍触摸。

“外婆，”爱丽丝轻轻呼她，“你怎么变得这样瘦了？”

“你已经见到外公了吗？”她眼里的泪积蓄成海，却迟迟没有落下。

身后传来护士催促的声音，隔着重重回响和杂音，仿佛来自十万光年以外的宇宙。

她俯下身，最后一次亲吻外祖母的额头，失去平衡的泪水洒落在她沉睡的脸颊上，晶莹剔透的一颗，放大了她皮肤上褶皱的痕迹。

“再见。”她的声音里带着不能自制的哀戚。

她摘下自小佩戴的玉坠，塞进外祖母的掌心。“再见。”她说。

悲伤的风暴化作巨浪，她在床前跪下，失声痛哭。

从来没有哪一刻的悲伤如此剧烈，她几乎失去理智，任由泪水兀自坠落。生命的最后一线维系被斩断，从此以后，她要独自活在这荒芜冷寂的世界上。

护士上前来要将她遣走，她扬起胳膊反抗，扑到外祖母身上不肯离开，疯了似的哭喊着她的名字，声音是令人心碎的绝望。

“求你让我再抱抱她，”她艰难地哀求，“让我再亲亲她，我以后再也没有机会了。”

一直站在她身后的瑞恩制止了护士，他请求多给她些时间。

“瑞恩，”她哭泣着喊他的名字，“瑞恩，我没有家了。”

“我没有家了。”她的哭声撕心裂肺。

他用手指抹去眼泪，走上前搂住她的双肩，没有说任何劝慰的话。

他知道自己无法安慰她。她的身体带着伤疤，她的心里住着的无边黑洞，不断吞噬掉生命的光明和热量。外祖母曾是黑暗海域中的灯塔，赋予她夜航的希望。

催眠者

灯火湮灭，她注定要走失在夜里。

再次清醒，爱丽丝发现自己躺在公寓卧室的床上。

环顾四周，她在墙角的立式衣架上看见了瑞恩的外套。

回忆陷入短暂的混乱，直到他开门走进来的那个瞬间，她的猜想才得到证实。

“你在医院晕倒，回来后又昏睡了一整夜。我给你煲了汤，还有米粥和酱瓜。”

他扶起她，在她的背后垫了两个枕头。

“谢谢。”她用疲惫低沉的嗓音说，然后顺从地拿起调羹，无意识地搅动汤水，缓缓盛起一勺放进嘴里。已有几分冷却的汤汁略显油腻，她来不及咽下，就觉得胃里翻腾，喉头一阵抽动，连忙捂住嘴，却将汤罐和米粥打翻在地。

瑞恩的声音温柔果决，他让她别在意这些。

她听话地靠在床头上，不去理会散落满地的餐具。沉默得久了，眼眶又变得湿润。

瑞恩将热茶放在床头，低头收拾着碗筷，听见她微弱急促的呼吸声从头顶传来，从那起起伏伏的气息波动里感知到她的隐忍和克制。

“我小时候贪玩，回家总是很晚。外婆睡得早，但又怕我夜里饿，总会提前备好消夜。麻油拌面，或是两只浇了酱油的荷包蛋装在盘子里，上面倒扣着一只碗。我写完功课就到厨房里，站在灶台边，慢慢吃完她准备的食物，然后把碗扣回去，钻进她的被窝里睡觉。”

她的声音里带着哽咽，眼角的泪已然悄悄滑落。

他从未见她这样持续地流泪。从前她的哭泣总如急风骤雨，不会盘旋很久，如今却如漫长雨季，久不停歇，让人想起生长在盐碱沼泽里的米草，昼夜不歇地排出体内的盐分，以此换取生存的机会。

“外婆梳头的香油特别好闻，它顺着她四散的头发流淌，像春雨里夹杂的花香，潮湿清冽、温柔恬淡。我躺在她身边时，总会把头挪到她的枕头上，贴着她的脸颊入睡。她的呼吸迎面而来，带着老人特有的滞重，混合了皮肤上浅浅的油脂气味，成了我童年时期痴迷的味道。”

她片刻不停地说着话，不去理会那逐渐冷掉的茶水，也不用手擦拭眼泪。她这样静静倚靠着床头，身体蜷缩成昆虫的模样，眼神里闪耀着透明的哀伤。

“看见外婆遗体的那一刻，我希望她可以带我离开。”

“让我来照顾你。”他说。

她的嘴角微动，露出一个艰难的微笑。她伸出手，用仅有的力气轻抚他的脸颊。

“你答应过会离开我，不要忘记了。”

催眠者

瑞恩走后的世界重归寂静。

皮肤被痛苦灼伤，大片的焦黑蔓延全身，她闻到肉体烧焦的味道，比太平间里的腐臭更浓烈刺鼻。连续几日水米不进，饥饿感变得陌生，她在昏暗的房间里醒醒睡睡，在流泪的间隙看见窗外天光明灭。

眼窝深处的刺痛不断加剧，她耗尽了眼泪，睁眼躺着，潮湿的枕巾与久未清洗的长发纠缠，散发出一股酸臭。梦境和现实不断交叠，体能的过度损耗让她的身体处于轻微缺氧的状态。睡眠持久强悍，她反复坠入梦境，仿佛是高原地带的疲惫旅者。

她曾有美丽茂盛的长发，海藻般蓬松散乱，披散开时还留着皮筋勒过的痕迹。发梢微微卷曲，类似上个世纪欧洲电影里少女常有的发式。她把头发披散在身后，跳下台阶的瞬间有种在湖面漂浮的愉悦错觉。

清洗发辫的代价是下水道频繁堵塞，父亲每隔数月便要清理。情绪暴躁的日子里，他眼见着神情冷淡的少女坐在镜子前，小小的一片梳子里夹杂着蓬乱的碎发，浴室的热气盘旋上升，把那些零落在桌椅和地板上的毛发打湿，如同多雨季节里的泥泞土壤。

他走上前，对她怒吼。母亲应声从厨房拿来剪刀，剪掉这肆无忌惮的头发。她疯狂挣扎，神情无助而哀伤，头发被剪断的瞬间，清脆的碎裂声从耳边传来，仿佛琉璃碗盏摔碎在地上。爱丽丝在远处，看见刀锋划伤她的面颊，留下细长明艳的伤口，像撕开透明的浅红色玻璃糖纸，制造者会从中获取控制和毁灭的快感。

如此久远的梦境已无从追溯，难以辨认，梦境重现的刹那，爱丽丝一度怀疑它的真实性。这画面如此熟悉，就好像取自她埋藏已久的回忆。也或者，它只是来自另一个平行世界的影像，折射在心灵的暗处。

唤醒她的是冬日暖阳，只不过她已经失去了辨别梦境的能力。

刚才的梦不似从前那般清晰完整，始终断断续续，如同信号缺失的卫星电视。爱丽丝在残缺不全的回忆中游走，试图记起梦中的一切，却只能依稀想起几个模糊的画面。“不要剪掉我的头发。”她意识模糊地喃喃自语。

手指触碰脸颊的时候，她原以为会摸到一条长长的伤口，结果却什么也没找到。反复摩挲，皮肤上除了泪痕和油渍外，别无他物。

“这里明明有伤口，”她说，“我记得这里有条伤口。”

咸涩的海水连绵不息，她听见涨潮的声音，仿佛又回到十四岁那年的夏天，记忆里的粉色贝壳若隐若现。闭上眼，她重新陷入了睡眠。

久未相逢的母亲走到她的梦里来，带着年轻时的盛气凌人。

催眠者

她是县城里的数学老师，常年住在宿舍，偶尔周末回家时，自行车后座夹着一沓厚厚的学生作业簿。她坐在院子里成日批改，从午后到黄昏，手里的红色钢笔因用力过猛戳透纸张，暗红色墨水滴落纸面，让人想起割破了的手指。

女孩站在远处看她，觉得这个清瘦寡言的短发女子格外陌生，她不像外婆那样笑，镜片后面藏着的是沉默黑夜。从未领悟“母亲”一词的含义，她不知道如何与她相爱。

她没有偷穿过母亲的衣裳，从不渴望把脚伸进高跟鞋里。她的肌肤有着让人抗拒的灼热，她尚未老去的身体散发出冷冷的茉莉香，裹挟着汗水，混合出冷淡节制的气息。她的怀抱如此陌生，她有着顽固决绝的脾性。她那些老式的棕色皮鞋在衣橱底下站成整齐的一排，目中无人地等她回来。

不知年月的某个夏季，她在母亲的要求下练习书法和算术，墨水弄脏了白色衣袖，手里的算盘反复摔落在地上，渐渐露出裂痕。炎热的午后，她被罚靠墙站立，心中厌恶打过的每一颗珠子，写过的每一个笔画。外婆端着冰镇糖水来给她消暑，她不敢喝，生怕母亲的怒斥会尾随而来。

日渐虚弱的身体没能消解苦难。她的痛楚没有去处，统统堆积在心里。

瑞恩走之前清理掉了所有锐利器具，为的是防止她自残。她没有滥用酒精或者药物的习惯，烟瘾也因为瑞恩而变得很浅。他不喜欢她抽烟。此时此刻，她不知道该如何镇痛。梦境始终断断续续，模糊不清，许多时候睁眼便忘了。

座机铃声再次响起，她摸索着拿起听筒，听见明娜在电话那头重重舒了口气。“我没事，就是想听听你的声音。”

爱丽丝很想感谢她的关心，却连说话的力气也没有，只能听明娜絮絮叨叨，说个不停。“你可以听听我送你的那张碟啊，你不是一直很喜欢的吗？”明娜几乎是在哀求。

被闪电劈中天灵盖一般，爱丽丝忽然清醒过来。她不明白自己为何如此兴奋。

去英国前，她在明娜处问了关于他的信息。

天磊。二十世纪七十年代末出生。职业配音师兼配音导演。近年来受邀与新科技公司合作，为大量助眠电子仪器录音。之所以最初搜索不到，是因为他本就没有艺名，只是被同行称为“卧室里的普罗米修斯”，才玩笑般地在包装壳上署了假名。

由于声线温润澄澈，又能熟练掌握各种声线变换，他在配音圈的热度水涨船高，成了业界赫赫有名的常青树。他的社交账号的追随者突破百万，人气高涨。爱丽丝搜集到他往昔的作品集，竟然有数百部之多。他的工作邮箱赫然公布在网页的最顶端，如同紧锁的巨型城门，背后藏着通向异域世界的轨道。

关掉页面，爱丽丝陷入无尽落寞中。

催眠者

他存在于不同维度的空间，是被贴上无数标签的成功人士。他登上各类杂志，他的声音被刻录成光盘，抚慰的是芸芸众生，她眼前的这一点紫色汇入人海，就如同坠入太平洋的眼泪，还未接触到水面就已四散解体，消失无踪了。

像是赌气一般，她把光碟扔进箱子，再也不曾听过。

然而此时此刻，肾上腺激素却支撑着她爬下床，重新翻出那张被冷落已久的光碟。这可比药物健康得多。她默默想着。瑞恩，你可不能责怪我什么。

一个玩笑，她从悲伤的湖泊里游上岸。

爱丽丝看着周围的花草，没有发现在这种情形下像是能吃喝的东西。她旁边长着一个大蘑菇，差不多和她一样高。她打量了蘑菇的下面、边沿，还有背面，突然想到应该看看上面有什么东西。

她踮起脚尖，沿蘑菇的边朝上看，立即看到一只蓝色的大毛毛虫，正环抱胳膊坐在那儿，安静地吸着一个很长的水烟管，根本没有注意到爱丽丝或其他任何事情。

再次听见他的声音，她仰面躺在公寓地板上，和煦的紫沸腾在空气里。她的心灵得到抚慰，仅仅是听见这熟悉的声音，伤口便不那么疼了。

催眠疗法，音乐治疗。她以前从不信这些，如今却产生出强烈的依赖情绪。她原来如此迷恋这个声音，如同过量注射吗啡的人依赖药物。

永不褪色的紫盘旋在昏暗的房间里，被钻进窗户的细细光线点燃，滋滋作响，仿佛下一刻就会有爆竹炸裂的声音。充沛的能量释放。须臾之间的幻觉，她甚至觉得，生命的深处闪耀着希望的火光。

九十年代的儒安美丽贫穷，家家户户都以捕鱼为生，偶尔去县城打零工补贴家用。

思和的父亲懂得船舶制造和维修，勉强算得上工程师，他在女儿降生后不久便去了远方的城市务工，每逢节庆便坐船回来，随身的行李箱里装满了给女儿的礼物，塑料盒装的彩色糖果、廉价汽水和膨化食品。

整整八年，他用辛苦劳作所得的积蓄搭建房屋，修理船舶，在故乡经营起小本生意，终于不必再远赴他乡了。他缺席了女儿最初八年的人生，总以为往后的岁月能有所弥补，直到多年后，思和与年过四十的离异男子相恋，彻底碾碎了他的美梦。

天光微亮的黎明，他在院子里砍柴，看见女孩悄悄翻出窗户，赤脚爬上邻家的枇杷树，硬生生拧下还未成熟的青涩果实。她自如地坐在树杈上，松弛垂落的双足沾满泥土，脚腕和膝盖上有玩耍时跌伤的瘀青。分明是顽皮活泼的孩子，见到他时眼里却只有陌生。

失望和彷徨，不可名状的愤怒油然而生。他对自己突如其来的情绪波动毫无自知，眼睁睁看着女孩灵巧地回到地面，满怀期待地把枇杷包起来，然后转身去摘花。

他知道，那是她每日清晨都要送给外婆的礼物。

支离破碎的梦境不知何时变得清晰，爱丽丝恢复了思维和意志，在熟悉的场景中反复游走，不断潜入遗忘的海洋。

年轻时候的父亲赤膊站在院子中央，身边堆放着劈得细细的柴火，皮肤被太阳炙烤得有些发红，鼻尖和脖颈处的汗珠浑圆硕大，闪闪发亮。爱丽丝在他的眼里读到伤心。

他这样目不转睛地盯着女孩，神情中有不易察觉的酸楚。远处的女孩奔跑在花丛里，被蜜蜂吓得来回躲闪，却还是忍不住要钻进繁花深处。皎洁的山茶花在晨光里摇曳，她摘下一朵衔在嘴里玩，然后对着水缸里的倒影，把花枝插在黑亮的发辫里。

他知道自己没有被爱着。

漫长的叙事，梦境似乎没有尽头。爱丽丝在蜿蜒的记忆巷道里游走，并不急着醒来，对扑面而来的记忆也毫不抵触。

既然他的声音要带她来这里，那她便待在这里。

父母之间的战争旷日持久。

自父亲搬回来的那年起，思和几乎每日都能听见他们争吵不休。有时是短暂争执，两人负气走开，几日不说话；有时则是狂风暴雨，几乎要把摇摇欲坠的屋顶掀开。母亲的顽劣暴躁众所周知，那种被思和继承下来的反复无常具备惊人的毁灭性。

她怨恨，父亲寡言木讷，在他沉默相对时她越发愤怒。她用剪刀捅破过船身，用双手抓住父亲的衣领和头发，和他反复扭打，急火攻心的父亲握住她的手腕，把她推到墙边，嘴里不住地咒骂。“你这泼妇。你为什么不掉进海里死掉？”

他们用恶毒的话语相互辱骂，外祖母将思和抱在怀里，双手捂住她的耳朵，止不住地叹息流泪。年幼的女孩看见外祖母落泪，眼里便也噙着泪水，却不知自己在伤心什么。

被限制了行动的母亲疯狂挣扎，在父亲的手腕上咬出两排深深的齿印，父亲疼得松了手，一巴掌将她掀翻在地。她哭喊着蜷缩在地上，用头撞击坚硬的水泥地面，额头上的皮肤渗出血迹，父亲却像看惯了似的毫不理会，转身走出房子，消失在视线尽头。爱丽丝叹了口气，在梦中紧攥着双手，无言以对。

此消彼长的争吵声充斥了整个童年。有时思和会试着劝解，却都以失败告终。

日光晴好的午后，争吵过后的母亲穿着吊带，盘腿坐在客厅的沙发上，眼里的怒火尚未熄灭。年幼的思和走过去，试图将折好的纸船塞进她手里，她却紧攥着拳头不肯松手。女孩不肯放弃，反复尝试着掰开她的手掌，不想指甲划破了她的皮肤，母亲痛得大叫一声，一把将她推开。

“滚开。”她说，“你为什么不去死？”

惊慌失措的思和放声大哭，把本就气恼万分的母亲惹得越发生气。她大声呵斥，命令她停止哭泣，女孩却越哭越大声，她脑后的神经受到刺激，止不住地跳动。

外祖母抱起思和，躲闪着穿过房间，来到一处僻静的角落，用双手的拇指抹干她的眼泪，答允着说要折新纸船和风车给她。哭泣渐止，思和透过泪水端详外祖母的双眼，恍惚觉得看到了夏日湖水，湖面泛起阳光的色泽，内里却明净澄澈，毫无杂色。

母亲的愤怒再次被彻底忽视，而这使她越发怒不可遏。她站在逆光处的阴影里，手里捏着撕碎的纸船，身体被怒火点燃，颤抖着崩裂出星火。那一刻她被视为外族，入侵邻国的恶魔，女孩委屈的眼泪是她的罪证。痛苦和耻辱化为谩骂，她将茶几上的杯子砸在墙上，抄起笤帚威胁她那天真无邪的女儿。

杯子的碎片躺在地上，突如其来的巨响把思和吓得不敢出声。外祖母再次将她抱起，温柔的双眼里似有怒火闪现。她抱着思和跑进卧室，关起门，想把发狂的女人留在身后。

笤帚柄重重地落在门上，母亲撞开门，用嘶吼般的口吻要求外祖母不要干涉。外祖母把思和挡在身后，再次试图关门，却遭到了母亲的激烈抵抗。

母亲的愤怒如同原野上生生不息的烈火，烧遍整栋屋子。

疯狂的对峙终于停止，母亲松了手，房门被再次关闭的瞬间，思和站在墙角，看见外祖母满是皱纹的手扶在门框上，拇指被突然关紧的门狠狠夹住。微微泛黄的透明指甲裂开，仿佛地震时被震碎的干涸大地，深深的裂痕由中心向外部扩散，蛛网般遍布四周。

一声惨叫，她握着受伤的手蹲在地上，鲜血从裂缝深处喷涌而出，滴滴答答落在褪色的浅色木地板上。“外婆，外婆。”思和慌乱得手足无措，哭喊着扑上前去，抱住因疼痛而颤抖的外祖母，却被她用没有受伤的手搂住肩膀。一个温柔的吻，轻轻降落在思和的额头。潮湿。灼热。

无声的安抚让思和慢慢镇静下来，她踩着椅子拿出衣橱里的药箱，为外祖母止血。

思和的恨意始于当日，仿佛是黑暗的种子被扔进邪恶土壤，无须灌溉也可抽芽生长。地板上的血迹后来被母亲用刷子清洗干净，留在心里的污浊却再也不能抹除。在之后的岁月里，只要想起外祖母手上的伤，她便再也无法感知母亲的嘘寒问暖。

她在大汗淋漓中醒来，见天色渐暗，湿透了的衣服在地板上留下一片印记。也是这样的黄昏时分，她怀着身孕，与瑞恩反复争吵，最后躺在地板上默默流泪。

夕阳西下的时刻，她看见母亲年轻的肉体蜷缩在水泥地上，哭声里透着不知所措的愤怒和绝望，只觉得无比熟悉。她继承了母亲的暴躁，即便痛恨她的冷酷决绝，在时隔多年的今日，她终究还是躲不过轮回，活成了母亲的模样。

忽然有几分庆幸，没有生下腹中的孩子。她松了一口气，那段曾经让她反复自责的过往，如今尝起来却是解药的滋味。她再一次宽恕了自己，下意识地，毫无知觉地。

她在心中默默念着瑞恩的名字，感慨自己比母亲幸运。母亲终其一生也没能离开与之互相伤害的男人，而她却有勇气斩断病态、纠缠、走投无路的感情，这是她比母亲勇敢的地方。

抬起头，她看见缭绕在房间上空的紫色依旧缠绵旺盛。

这才是熟悉的感觉。伤痕累累的她虽不指望救赎，但从梦境里走出来的瞬间，到底还是松弛愉悦的。如果已决意放弃挣扎，那她还有什么可难过的。

至少要坚持到葬礼之后，她对自己说。

月亮已在不经意间爬上天空，爱丽丝扶着床沿慢慢起身，喝尽了床头那杯冷茶。

外祖母的葬礼如期举行。

十二个小时的火车。漫长的轮渡。时隔近二十年，爱丽丝终于再次回到了儒安。

当年的事情早已尘封，如今她重新踏上故乡的土地，心中再没有了惶恐与惊惧，只是回忆交错的瞬间，总还是裹挟着几分哀愁。她在这里出生和成长，习惯了孩童的身份和视角，总觉得故土辽阔，蓦然回首时才发现它的狭窄与闭塞。

停靠在海边的渔船陈旧破损，船身带着修补的痕迹，被潮水打湿的沙滩呈现出污泥般灰暗的色泽。年过六十的老年妇女靠在墙边，穿着五颜六色的花哨衣裳，将嗑开的瓜子壳扔在脚边，看她的神情里带着好奇和排斥。

她挎着背包自路中央走过，听见她们交头接耳，说着以为她无法听懂的南方方言。

灵堂设在老宅，她是在这座岛屿出生的人，即便曾经随家人搬离故居，死后的魂魄终归要回到故土。暌违多年的屋子，如今再次走进去，倒也没有想象中的感慨。她抬起头，当年翻过的窗户已布满蛛网，邻家的枇杷树却依旧挺拔倔强。

植物终究比人长久。她想。

守灵。出殡。土葬。祭扫。

她默默操持着丧葬事宜，对多年未见的家人依旧冷淡。

没有接受任何人劝慰和拥抱，她不需要这些。她和外祖母的维系源自生命的最初时刻，绝非生死可以隔断。她知道自己要陪同外祖母走完这最后一程。

祭礼持续了一整日，礼毕之后的灵堂烛火明旺，她披着宽松的黑色孝服，在牌位前长跪三日，不进食，将往生的经文抄录了七七四十九份，而后起身离开。

海岛的夜色从未如此寒凉，比许多年前那个令人心碎的夜晚更加荒芜。如果说她曾对儿时的故乡有过美好的记忆，那也大都是与外祖母有关的。埋葬了她，就是埋葬了过往。爱丽丝知道自己已做出决定，无意回头。

第七章
修斯的信

天磊，这是你的名字吗？

我虽未曾见过你，心中却觉得已与你相熟。

你相信吗？我能看见声音的颜色，而你的颜色和所有人都不同。

我喜欢你的声音，它带给我慰藉。

我出生在海岛，在那里成长，曾以为天地广阔，期待海对面的世界。直到外祖母离开后，我才明白，人始终逃不出生命最初始的怪圈。不断轮回，循环往复，在漆黑的夜里迷航，没有容身之地。我此生伤害的人太多，伤害自己也太多，近来越发觉得疲惫不堪。

催眠者

我即将离开这个世界，却又觉得相逢不易，难免遗憾，所以留些文字给你当作纪念，希望你终有一日能够读到。

你是我不存在的希冀。

祝平安！

爱丽丝

犹豫良久，爱丽丝还是鼓起勇气，想在离开这个世界前的时刻给他写封简短的信。每日的来信浩如烟海，明知他看不见，却依旧希望留个念想。打开他的社交主页，通过私密留言的信箱寄出这份遗言后，爱丽丝合上笔记本电脑，把手机装进兜里，开车出门。

不同于上次的磨蹭和拖沓，这次她意志坚决，希望给生命画一个完整的休止符。

提前准备好起泡香槟，她把车停在空荡无人的旷野，打开暖气，反锁门窗。

一杯酒下肚，身子就变得温暖起来。这么多年了，她还是喝不惯红酒，每次都被那酸涩的滋味刺得皱起眉头。

又是一杯。香槟是她最能接受和喜爱的酒类。这也是她能够想到的，最平静温和的死亡。生命既然风波不息，走的时候就尽量风平浪静些吧。

不胜酒力。她的身体在不断加剧的醉意中松弛下来，仿佛是疲倦的旅人躺在撒满玫瑰花瓣的浴缸里，血液循环加速，把堆积已久的倦意都释放出来。

“对不起，我又让你失望了，瑞恩。”

川端康成的《参加葬礼的名人》读过许多回，此刻她在黑暗中静静回溯那些文字，只觉得字字珠玑。这位日本新觉派作家对清寂与死亡有过分露骨的认知。

“无遗言而死最佳，因为无言的死即是无尽的活。”

深沉的睡意袭来，她没有抗拒，放任肉身被海浪卷走，沉入沧海。

手机屏幕忽然亮起，如同许多年前的闪电猝然划过长空，继而被连续不断的振动摇晃到地上，发出一声闷响。她在昏睡中惊醒，条件反射地拾起手机，被亮光刺得睁不开眼，过了许久才看清屏幕上的信息。

“不要死。”石破天惊的三个字闪现在屏幕上，然后迅速被后面的信息覆盖。她愣在那里，反复确认信息来源的账号，嘴唇因缺氧微微张开，胸口剧烈起伏。

是他。他看到了她的留言，他正在用他本人的账号与她联络。

大段大段的信息接踵而至，他连续不断地发送，仿佛是急救室里的医生，试图用电击唤醒垂危的生命。她的掌心大量出汗，几乎要将攥在手里的设备浸透。

“是你吗？”她试探着回复了三个字。

“是我。”他的回复下一秒就抵达，“爱丽丝，请你活下去。”

泪水也显得俗气，没有任何言语能描述她此刻的感受。在生命的最后一刻，他听见了她的绝望，他在黑暗中伸出手，试图把她从悬崖边拉回来。

忽然有一种冲动，让她想听见他用紫色的声音喊自己的名字。

寂静的夜被喘息声撕开，爱丽丝打开车门，冲出狭窄的黑色空间，双膝跪在水泥地上，大口呼吸着新鲜的空气。她的脸颊因一氧化碳轻微中毒而变得粉红，迎上寒风，感觉像有针扎在脸上，刺痛难忍。

手里的设备再度震颤，他依旧在同她说话。

“你还在吗，爱丽丝？你能看见我的信息吗？我知道你难过，但是请你活下去。我希望你活下去。”虽然只是苍白文字，她却能感受到他的真诚和急切。

意识逐渐恢复，她用冻僵的手指在屏幕上艰难地敲出一个字：

“好。”

生活的困境因为他的降临而出现根本性的逆转，他的邮件每日都会来，虽然只有简单的问候，却带给爱丽丝莫大的宽慰。她渐渐开始习惯给他写信，彼时的他还只是她困顿中邂逅的陌生旅伴，陌生到她足以敞开心扉。

她向他讲述自己的故事。一次流产，两番失败的自杀，三次过于真实的梦境回闪，数度决意不再听他录的光碟却又食言，林林总总，几乎是毫无保留的。有时写得太多，生怕听者厌烦，她将写好的大段文字逐行删去，精简到只剩寥寥几句，随即后悔，觉得这样读起来没有诚意。患得患失。

漫长的热水浴后，她赤裸的身体跃出水缸，行走过的地方都留下湿漉漉的足迹。独自在屋内徘徊，不急着擦干身体，她面对被呼气模糊的镜子，抚摩自己尚未完全老去的脸庞。眼角已经有细碎的皱纹，浓密茂盛的眉毛依旧一路蔓延，曾经油亮乌黑的长发却已开始泛黄，发尾呈现出介于香槟色和深棕色之间的光泽，梳理时不再会因过分茂密而扯断梳子。衰败的迹象。时至今日，她不知自己是否还有相爱的能力。

然而，心中渐渐膨胀的热气球透露了她的真实心境，每日数次查看邮箱，亮晶晶的眼睛里似有星光闪烁，像少女时期被月光照亮的心湖。夜里仍旧辗转难眠，醒来时嘴角却有神秘的弧度。把公寓里破旧的黑色沙发换掉，在写字台和餐桌上铺满粉色桌布，偶尔养一枝玫瑰，观察它的盛放与凋谢。

他的回复始终如约而至，并且篇幅浩繁。她的词句被他用亮黄色条纹标记出来，旁边密密麻麻地写满他的感想和疑问，琐碎细致得近乎奢侈。工作繁忙的时候，他常常几天不回复，然后写满整整几页纸的漫谈，絮絮叨叨，就好像要把之前亏欠的文字弥补回来。

有时她也疑惑，不知他为何对自己格外眷顾，分明是素未谋面的陌生人。

反复地犹豫踯躅，她决定不去问他这样突兀的问题，放任自己在他的来信里沉醉。

“你可以来我的城市吗？或者我去找你。”他在信中说。

她拒绝。在经历无数次失败的关系之后，她本能地退避。

“你难道不想知道，我平常的声音是什么颜色的吗？”

多么优雅得体的引诱。她在安静的卧室里读到这句话，嘴角忍不住地上扬，理智却告诫她不可放纵。她不需要一个情人，甚至都不愿意再次经历情感的风暴，在她充满暴力和腥风血雨的回忆中，没有哪段关系得以善终。

“我不是值得期待的人。”她说。

他久久没有回复，隔天却发来整段整段的文字，第一次同她说起过往。

我曾与一个名叫伍钥的女子相爱。

像所有被爱情征服的少年那样，我也信誓旦旦地说要娶她为妻。然而，直到她消失的那个时刻，我都不曾真正了解她内心的苦楚。她也像你，受到精神疾患困扰，夜里无法入睡，情绪无常。

她在自杀的边缘游走，数度割腕，被人救回后也毫无悔意。

印象最深的一次，她在浴缸里放满滚烫的热水，赤裸着身体浸泡其中，左手手腕被割开，鲜血染红了整池的水。她在失去意识之前给我打电话，同我告别，我赶到她的住处，被眼前的血腥景象惊得几乎要昏厥过去。

她后来还是被救回了，我去医院看她，见她躺在床上，手腕上厚厚的绷带如同绝望诅咒，让我时时刻刻都生活在梦魇中。我在那一刻决意和她分手，却不知如何告诉她这残忍的决定，只能刻意躲闪和回避。她何其敏感，很快意识到我的冷淡，出院后不久便不告而别，连只言片语都没有留下。

我害怕她出事，疯狂地给她打电话，却发现她的号码已被注销。我报了警，拜访了她的家人，去她可能出现的所有地方寻找和等待，却始终一无所获。我不愿相信她已死去，无数次暗暗祈祷，希望她能在我不知道的地方，平静安稳地开始崭新的生活。

可是爱丽丝，我无法原谅自己，也无法说服自己。我梦见她在不知何处的日光下死去，身体沉落到湖泊深处，被鱼类蚕食。时隔多年，我已成家立业，而她则变成我永恒的伤疤，是我最不愿提及的往事。

你的出现让我感慨万千，仿佛生命百般轮回，我穿过时光隧道，回到年少无知的时光，在绝望的边缘抓住了她的手，不让她沉沦。

爱丽丝，你相信奇迹吗？我对自己的怨恨在与你的交流中得到宽恕。我对自己说，一定要帮助你，无论付出什么代价。

对你而言，这或许不公平，但请你相信我帮助你的诚意。我不会混淆认知，在你身上寻找故人的影子，也不会妄断你的性情和痛苦，我只希望你好好活下去。

她被他的文字震惊，不知该如何作答。原本以为他会暧昧轻佻地与她漫谈，却不想他的回复竟如此真挚，丝毫没有遮遮掩掩、忸怩作态的味道。反复阅读这封长信，她被字里行间的深情所打动，眼里竟默默含泪。

光脚蜷缩在沙发深处，她试图回复什么，却被翻涌的情绪束缚得几乎失去言语。人们懂得将心底的伤痕隐藏，佯装出风平浪静的样子，实际上却无时无刻不在消耗肉体的能量。时间过得久了，有的人学会了与之共处，有的则节节溃败。

她知道无法安慰他，却不愿视而不见。

瑞恩曾警告过她的话犹在耳边，她却又要重蹈覆辙。

“你总是在人群中寻找某种禁忌的爱情，用来填补童年时期匮乏的情感。但是你必须明白，生命中的很多东西，如果不能在恰如其分的时候获得，往往终其一生都无法获得补偿。男人不是你踩着过河的石头，也不是你情欲的牺牲品。你要知道。”

关上电脑，她侧卧在沙发上，听脑海里文字的回声。他的讲述与声音一样感性，一样充满魅惑，没有任何技巧和策略能够做到这个地步，她相信他的诚意。

很久以来的第一次，她对未来有所期待。

第八章
破晓时分

1

他居住的城市并不遥远。

一趟火车，她走进短暂旅途的涡流。

最严酷的隆冬已逐渐远离，气温缓步回暖，午后的街道弥漫着青草复苏的气息。初春里晴光甚好，她穿着深红色套头衫，搭配米色长外套，松散蓬乱的黑发披在身后，胸腔里揣着颗雀跃沸腾的心。她想要见到他，这是决定。

经历过漫长的痛苦，此刻她本能地追逐某种期待，某种象征欢愉的泡影。他约她在工作室附近的餐厅见面，言语中透露出无限欢欣，似乎写着写着，那些欢快的笔画就会忽然飞走，在空中跳起舞来。

十二点整，她坐在餐厅角落的桌子旁默默等待。

熟悉的身影闯入视线，她看见他的浅灰色毛衣慢慢靠近。

和报刊上登载的一样，他戴着黑框眼镜，中等个头，穿着宽松的牛仔裤和球鞋。他在不远处的桌椅间徘徊，目光游走，然后试探性地停留在她的脸上。

"爱丽丝？"他试探着问道。熟悉的浅紫色缓缓浮现。

突如其来的复杂情绪涌上心头，爱丽丝强忍着鼻腔里的酸楚，克制地点了点头。

"我是天磊。"他的眼里含着关切，嘴角挂着明朗的笑意。

眼眶里蓄了些泪的她，一时间不知如何应答。"我知道。"许久之后她才勉强挤出几个字，颤抖的声音里夹杂着哽咽，像绷得过紧的吉他弦被反复撩拨。

"我看你好像有点紧张的样子，要不我来点菜吧。"他的声音温柔松弛，毫不拘泥。见她不说话，他便拿起面前的白色瓷壶给她倒了杯热茶。

"我只有半个钟头的时间吃饭，所以只好委屈你陪我将就一下了。"

爱丽丝没作声，只是轻轻点头表示同意。

他低头翻阅菜单，在面条的那几页反复琢磨。她微微抬眼看他，见他的黑框眼镜架在鼻梁上，正有慢慢滑落的趋势，那件熟悉的浅灰色毛衣被正午时分的太阳晒得有些微微发亮。

“吃面好不好？他们家的面条很棒。你喜欢加辣椒吗？”他抬起头，正面迎上她的目光，炯炯的眼神里没有丝毫的忸怩，反而有兄长般的温柔亲昵。

“不要辣椒。”她的声音已恢复了平静。

他微笑着点了点头，迅速转身去服务台点单。爱丽丝的目光跟随着他穿过人群，看见他从有些陈旧的宽松牛仔裤兜里掏出钱包。他转过身来，对坐在远处的她挥挥手，就好像知道自己一直拥有着她的注视那样。

“你为什么一直盯着我看？”他端着热腾腾的面条在她面前坐下。

“你的毛衣很眼熟，仿佛在许多访谈中见过。”爱丽丝寻了个借口，感到面颊发烫。

他发出一阵爽朗的笑声，声音不是很大，却清透得很。

“很多人都嘲笑过我的毛衣，说我总穿着这件不换，其实我常常洗它，洗完烘干继续穿。”他笑着说，镜片被面条扑上了热气，模样有些滑稽。

她的心微微一颤，像被某种植物的毛刺扎了一下，手心里渗出汗珠。他的声音和CD里的并不完全相同，颜色却没有任何变化。她这样默默思量着，用余光偷偷看他。他的笑容如此澄澈，他低头咀嚼时有浅浅的双下巴，他的眼镜总是往下滑，让人很想帮他推回去。

“我等下就要回到录音棚去了。”他的声音里透着歉意。

“没关系，我也该回去了。”

“你刚来就要回去？”

“我只是想见你一面，亲眼看看，声音颜色如此美丽的人是否货真价实。”她笑着说道，特意在话语中加入了戏谑的腔调，“看来不是赝品，我也算没白跑一趟。”

他没有说话，笑容却渐渐退去，目光里透露出几分担忧。

“别担心我。”她补充道。

他依旧不作声。两人就这样隔着餐桌，沉默地咀嚼着食物。刚才还热气腾腾的汤汁，此刻仿佛忽然就凉了下来。就这样吧，爱丽丝在心里对自己说。

“我本想带你去趟漫画书店的。”末了他终于开口，声音依旧轻柔愉快。

“漫画？”她露出几分苦笑，“我从不看漫画的。”

“所以才想带你去看。你总是很不开心的样子，我想让你高兴起来。”

爱丽丝一时语塞，不知该说些什么。

“你就这样回去，我实在不太放心。我本想问你，是不是能等我录音结束，然后我们去吃点像样的食物，我带你去我最喜欢的漫画书店。”

又是莫名的情绪翻涌，眼泪蓦地涌入眼眶，爱丽丝不得不深吸一口气，努力让面部表情保持平静。就这样吧，她反复对自己说。还能怎样呢？

“工作日程太紧，我可能等不了这么久。”

她几乎是落荒而逃的。

2

你的目光有醉人的温度

像八月燃烧的，一千个太阳

……

相遇和分离的片段

她在你目光里生长，幻灭

没有见到离别

她有个窄窄的浴缸，小到泡澡时不得不蜷缩起身体，水放到超过三分之一就会溢出来。她时常在这浴缸里泡澡，雨天时在窗台上点一支熏香蜡烛，茉莉、栀子或是玫瑰，然后看着烛火将蒙在窗户上的水雾烫出一个洞。凑近一点，她可以看见雨水从城市上空坠落，敲击在玻璃窗和水泥地上，粉身碎骨。

她这样仰面躺在热水里，皮肤被浸泡得微微发红，心上的缺口依旧空空荡荡。闷进水里，她看见自己的黑色鬈发慢镜头般地漂浮起来，房间的倒影支离破碎。一串气泡从嘴里冒出来，耗尽了氧气的她浮出水面，眼睛被肥皂水刺得生疼。

自上次见过天磊以后，爱丽丝再也没有播放过那张 CD。

这世上的路有千百条，通向他的却只有死路一条。她比任何医生都明白，亲密关系对自己而言意味着什么，更何况他早有归属，她不想看到最后的悲剧。

但是为什么呢？她的退避躲闪是为了什么？在遇见天磊以前她就已然放弃了救赎，如今又有什么需要顾忌的？她想再见到他吗？她应该去见他吗？

她在水中摇晃脑袋，试图将野兽般的肉欲和残酷甩到一边。不要忘记过去的疼痛，她这样告诉自己。如果要像伤害瑞恩那样再伤害天磊一次，她情愿自己即刻死去。

不要再去见他，连他的声音也不要再听了。她这样做出决定。

世界正缓缓褪去颜色，她对声音的敏感度逐渐降低，内心似乎有一扇门正在慢慢关闭。关闭。封锁。她以残存的意志力抗衡欲望。

窗台上的蜡烛悄悄熄灭，雨水却依旧昼夜不停。

她深吸一口气，再度沉入水中。

生活重归寂静，她休长假，不希望再用疯狂工作麻痹神经。

催眠者

逐渐意识到衰老的迫近，决意远离天磊的她，逐渐学会在安静下来的生命里端详自己气血亏损、代谢缓慢的肉身。她的筋骨关节因为久坐而僵硬，脚跟生长出细小的裂痕，蜿蜒如枯裂旱地，踩进浴缸时微微刺痛。年过三十，经历过流产和精神治疗，她仿佛是早春时分潦草盛开的花朵，因为用力过猛而过早显现出凋谢的痕迹。

闲来无事，她去看中医，用硕大笨重的陶壶煎煮中药，故而整个屋子连同露台，以及所有的书籍和衣物上面，都散发着淡淡的药草气味。棕色牛皮纸包装的草药摞在墙角，沉默的苦涩味道等待她去煎服。她学会通过气味和外形辨别药物的名称，把干瘪的昆虫躯壳捏在手里把玩。茯苓、甘草、苍术、石菖蒲、煅瓦楞子、灵芝、川朴、当归、炒白术、米仁、金樱子，清水大火熬九十分钟，随后换成小火，每日两服。

慢慢变成夜行人，恢复了昼伏夜出的面貌。习惯性地躲避人群，逐个删去通信录上的名字，斩断年代久远的联系。闲暇时尝试烹饪，回忆从前瑞恩煲汤的方式，把清理干净的乌鸡放进锅里，依照书上指导的那样加入红枣和黄芪。偶尔躺在浴缸里看闲书，听数年前购买的小提琴光碟，看无辜的深蓝色浴盐晶体融化在水中。一种升华，以及幻灭。

无力的抗争，平静的表象下暗藏涌动，她是不惧红尘的修行者，身体在菩提树下盘坐，心灵却只能靠情爱轮回获得不朽业力。她的躲闪是伪装后的自我毁灭，以耗费年华来换取惩罚，始终不肯宽恕自己。

不能忘记他。走过书店时看见漫画展区的巨幅海报，想起他也曾是兼职漫画家，在刊物和杂志上连载作品。出租车里的广播震耳欲聋，主持人用蹩脚的普通话针砭时弊，声音是乌烟瘴气的蓝，她摘下耳机，请求司机关掉收音设备。春天的气息越发浓郁，她只身穿过熙攘人群，下意识地在喧闹声中寻找熟悉的颜色。

休假以后她再也没有打开过邮箱，通信设备全部关闭，生怕一瞬间的贪婪会让执意离开的信念土崩瓦解。然而还是思念他，胸口传来持续的钝痛。

夜里不再做梦，通往回忆世界的大门被紧紧关上，她无论如何努力也回不去。他的声音是钥匙，黑暗中开启时光隧道，紫色极光照亮夜幕，他是她回溯内心的唯一道路。拥挤的城市中央，她独自站着，抬头看见日光明媚，忽然想到去见他时见到的阳光。那天她穿着深红色套头衫，一颗心跳得飞快。

离开他后的第四十天，她再次登录自己的邮箱账号。

打开邮件的瞬间，她被连续闪动的提示条震惊，一切又仿佛回到了数月前的那一天。

从她落荒而逃到今日，他总共发送了三十四封邮件。

信件的内容或长或短，大多数时候只是一句简短的问候，想知道她是否平安抵达家中；偶尔也会有整页整页的文字，一些漫谈，零落地讲述些关于他自己的事情。

她知道，他想确认自己是否还活着。

一封封地查看着邮件，他涉及的话题很宽泛，从家庭出身到职业经历，从童年回忆到成年的体悟，他的讲述开诚布公、毫无遮掩。

“你相信奇迹吗，爱丽丝？”他在信中反复问她，“我很少查阅邮件，却在你决定终结生命之旅的前一秒看见了你的求救。我相信这就是奇迹。”

一种求救？她的脑海中回闪过当日的情景。她那日原来是在求救？这个惊人的念头让她愣在那里。失去了所有亲密关系的她，原来还是迫切地希望有人能在黑暗中拉住她。

最后一封邮件里附带着小小的音频，她犹豫了片刻，最终还是点开了它。

进度条沿着设定好的弧度画出一个规整的圆，前后不过十秒钟。“你还没有告诉我，我的声音是哪一种紫色。”

封锁的大门被撞开，她独自坐在桌前，反反复复听着暌违已久的声音，难以自持的痛哭声中暗含着狂欢。汹涌的紫色浪潮席卷了整个房间，思念的海啸将她淹没。

从未有人让她如此痛苦，从未有人让她这样欢欣。

她翻出锁进箱子的那张《爱丽丝梦游仙境》，决定做最后的尝试。距离上次的梦中回闪已经有很长时间了。“如果他的声音还能带你回去，就认命。”她对自己说。

第四次回闪短暂强烈，爱丽丝在混沌时空中穿梭，失去了推算年月的参照点，如同远航的水手迷失在苍茫水域。与天磊的联结加深了梦境的失重感，视觉维度不断扩张，仿佛无数幅立体派和抽象派油画叠加起来，制造出无限宇宙的幻觉。

陌生女人的面容倒影在镜子里，唇上涂抹着鲜艳的胭脂红，浓密柔软的短发刚刚及肩。爱丽丝伸手触摸自己的脸颊，指尖传来柔软光滑的触感，这副美丽神秘的皮囊如此陌生。她知道自己突破了某种回闪局限，开始能够进入旁人的记忆。

时间的概念被改变，爱丽丝感觉到自己正以快进的方式飞速前进，窗外的天气瞬息万变，时而狂风暴雨，时而又是烈日晴空，她静静坐在椅子上，等待某人或某事的出现打破沉默。腹部以每分钟几厘米的惊人速度缓缓隆起，爱丽丝感知到内心深处的恐惧，对未来生活失去掌控的恐惧。她惧怕成为母亲，却被迫成为母亲，甚至连准备的时间都没有，就被迫进入另一段人生。

风雨交加的夜晚，她在缓慢的阵痛中睡去，随即又从狂风呼啸的梦中惊醒，感觉到腹部剧烈疼痛，知道婴儿即将降生。梦里的星空异常明亮，海浪却无端大作，海风呼啸，巨浪翻滚如同末日，吞没了靠海停泊的渔船，她心有余悸，决定给孩子起名为思和。

催眠者

爱丽丝透过母亲自身的视角观察她的衰老，就像电影的快镜头观察一朵花的凋谢。她的眼睛最先老去，比肉体的衰老提早了许多年。夜里起身给孩子喂奶，看见那贪婪的小恶魔疯狂吮吸奶水，如攀缘的凌霄花那样疯狂生长，粪便和呕吐物弄脏了她的白裙子。她不爱自己的孩子，对她的生长轨迹缺乏认知，试图掌控而不得。

在思和学会走路的那年，她望着自己低垂的乳房和斑纹横生的腹部，止不住地落泪。无法控制内心的碎裂和下坠，她变得暴躁决绝，割裂开自身与外部世界的维系，怨恨丈夫的木讷沉默，把女儿扔给母亲抚养，搬到镇上的教职工宿舍居住。

时刻忍受内心的煎熬，她被某种规则束缚，为自己的决定感到耻辱，训斥女儿时感知到对自身的厌恶，却又有种报复的快感。爱丽丝在她的记忆里盘旋，长久以来的困惑终于得到印证和宽解，母亲确实从未爱过她，而这不是她的过错。

岁月流逝的脚步被压缩进短短的几小时里，爱丽丝见证了自己的成长，因为尽人皆知的不伦之恋背井离乡，离开海岛后的第三年考入大学，摆脱了毫无眷恋的家。

母亲的记忆里从此没有思和，她没有见过她成年以后的模样，不知道她海藻般浓密蓬乱的头发变得很细很软，也不知道童年时候的记忆会伴随她一生。两个不同生命重叠的瞬间，忽然迸发而出的记忆碎片相互填补，形成了一卷完整的记忆光谱。她们从来没有爱过彼此，她们的肉体被轮回之手投掷到交叠的时空里，每一次接触都碰撞出可悲的回响。

梦境结束的那个夜晚格外宁静，爱丽丝感受到此生从未有过的舒畅和松弛。

从那一刻起，她与过往的全部关联都已切断，她终于获得自由，不再需要忍受愧疚和矛盾的煎熬，如同秋日里褪去粗糙皮囊的蟒蛇获得新生。喜悦的泪水模糊了视线，她在黑暗中摸索到手机，答应再次与天磊相见。

第九章
极光初现

1

再次相见依旧是煦日和风，他推掉工作，腾出一整天时间。

距离初次见面已过去整整两个月，爱丽丝有种恍惚的疏离感，觉得身边的人陌生又熟悉。虽只见过两次，但他却洞悉她几乎所有的秘密。两地相隔的时候，她闲着无事，买来昂贵的钢笔和纸张，在家中抄录他的每一封邮件，在书桌前一坐就是整个下午，每个笔画都写得如此小心。

他说自己幼时曾在西北居住多年，是被黄沙喂饱的孩子。

在没有光污染的寂静城市，父亲用卡车载他去大漠里看星星，教会他辨识方向的诀窍。高纬度地区的星空杂乱无章，他却能记住星宿的名字，在最东边的夜空找到启明星。夏末的苏干湖碧波荡漾，楼雁和云雀飞过长空，他坐在敞篷卡车里，隔着一小段距离追逐马儿和羊群，蓝得发紫的天空连绵不绝地伸向远方，那是记忆里童年的颜色。

在物资匮乏的荒原中长大，他无法辨别南方的草植果蔬，漫长冬日里摆上餐桌的始终是马铃薯和大白菜。新鲜叶片浸泡在硕大笨重的水缸里，撒大量粗盐，放置在寒冷室外直到水面冻结成薄冰。十岁时回到南方小住，被街头巷尾的小食铺迷住，成日嚷嚷着要去吃。正月里拿了压岁钱，一口气点了十碗小馄饨，鼓着肚皮回到家。

数度供职于电台和广播站，每隔几个月搬一次家，在颠沛流离的谋生中练就了如今的嗓音。接触配音近二十年，如今他声线的弹性越来越好，能胜任巨大年龄跨度的角色扮演。天生性情疏阔，懂得如何四海交友，凭借不断累积的人脉和知名度创办起自己的配音公司，签下众多漫画作家和顶级配音演员，事业蒸蒸日上。

爱丽丝默默回忆着他写来的文字，忽然意识到，自己竟然也知道这么多关于他的事情了。数月以前的他还遥不可及，而此刻他却走在她前面，试图将她带进自己的世界。有那么一瞬间，她产生出暧昧的幻觉，仿佛这个若即若离的男人正勾勒出隐秘的纽带，暗中维系她摇摇欲坠的生命。

催眠者

两人一前一后地走着，中间隔着半个身子的距离，他每隔几步就要回一次头，生怕把不声不响的她遗落在人群中似的。她始终低着头，把内心世界汹涌的浪花压得很低，眼波流转间的温柔不小心晃出来一星半点，都让他投射在地上的影子偷看了去。

四月的春光甚好，桃花开满整条街道，被午后的暖风熏醉，慢慢飘落到柏油路上。他的黑色鞋子拍击地面，节奏均匀，力道强劲，每一步都迈得很稳。前面转角处传来汽车的鸣笛声，她下意识地抬头，恰好遇见他停下脚步回望。

目光相触，他露出笑容。

“我稍微绕了点路，想带你走走这条街。这些花月初才开的，能持续一阵子。”

爱丽丝沿着他手指的方向眺望，见那醉人的粉色花朵一路延伸向远处，跟随着缓坡向高处蔓延，在整条街巷的中心划出一道温柔弧线。她忽然想起故乡的满园杏花，一时失了神。

“想到什么了？”他的声音将她拉回当下。

“想到许多年前在故乡见过的杏花林，外婆带我去的。”她语调里透出伤感。

他没有搅扰她那片刻的愁郁，刻意放慢了步调，和她并肩向前，慢慢走上桃花盛开的缓坡。两个被日光拉长的影子渐渐重叠，她眼里的愁云被风吹散，露出澄澈的碧色天空。

“你恐怕是要失望了，我对漫画真的毫无了解。”她说。

“我的失望，是你从此消失，不再出现。”他的声音渐渐低下去，酝酿出紫色风信子般的颜色，比以往任何时候都要好看。

“你不是想知道，自己的声音是哪一种紫色吗？我现在可以告诉你。”

“我想知道，但不是现在。此刻你只管欣赏这繁花盛景。”

书店开在僻静处，比爱丽丝想象的要狭窄许多，尤其是进门处的那条走廊。成堆的漫画书盘踞在过道里，虽然摆放得很整齐，五颜六色的书脊依旧唤醒了她的强迫症人格，她反复打量着这些书，希望能将它们按照颜色和开本整理好。

他带她穿过漫漫无尽的长廊，在一个开阔大厅停下脚步。爱丽丝环顾四周，迅速意识到自己正处在书店底层的核心阅读区。作为出版工作者，她去书店的频率高过去超市，通常只要看一眼正厅展台的规模，就知道书店的实力。

这样狭窄的地下书店，居然有这么大的藏书量。她显然是被眼前的十几张中世纪宫廷式长桌惊呆了。不仅如此，正厅顶部的复古水晶吊灯，穿着各色服饰挤在房间里的人群，以及房间四周摆放的四盆巨型天竺葵也都出乎她的意料。

“怎么样？”他的声音里透着笑意，“这是我最常来的地方之一，我有至少两千本漫画是在这里买的。当然也有别的店，只不过我觉得你应该最喜欢这儿。”

她的神情显得有些暗淡，欲言又止。

“不喜欢吗？”他注意到了她的沉默。

她摇摇头，露出带着歉意的苦笑，心里的失落感循序蔓延。她曾经想要接近他，如此渴望了解他，如今却发现他原来来自完全不同的世界。屋子里的所有人，无论国籍性别，都属于那个世界，只有她是外人。熟悉的孤独感涌上心头，似乎在生命所有的篇章里，她都避免不了流浪者的身份。

“抱歉，我以为你会喜欢。”他指了指不远处的木头小门。

“那里有很多独立阅读室，你如果不喜欢在这里，我们可以去那里坐坐。”

“给我讲讲你喜欢的漫画吧，”她试着打起精神来，“我或许可以学着欣赏。”

“那可讲不完，我只要开始聊漫画就停不下来。”他打趣地看她，“你可能要住在这里，听我讲上几天几夜才能回家。”

“那你在这里等我一会儿，我稍后回来。”爱丽丝说罢转身要走。

“你去哪里？”他略带急促地拉住她的胳膊，随后又立刻松手，显得有些紧张。

“我去买帐篷和枕头，方便晚上睡在这里。”

他愣了一下，随即站在原地哈哈大笑起来，到最后竟然忍不住弯下腰，按住有些酸涩的腹部肌肉。标志性笑声还在持续，透亮的紫色弥漫在房间上空，明媚饱满的颜色让人联想起法国南部的薰衣草田。平生第一次，爱丽丝喜爱自己联觉的能力。

迷失在漫画构筑的森林里，她不知所措地站在原地，茫然看着他游走在书架和展柜之间，神情倒有几分像她在伦敦书展寻找优秀外版书的样子。文化和思维的鸿沟横跨在两人之间，她还未迈出走向他的步伐，就开始知难而退。

“嗬，这里居然有《黑暗破坏神》。”他忽然变得神采奕奕，从架子上抽出一本粉白相间的漫画书，没有注意到她的踟躇，“第二十七本终于出了，我都快忘记这个故事了。”

“你知道吗，我十五岁跟随父母迁回南方，十六岁开始看漫画，在圈子里已经算是很晚的了。当时最先看的是山原义人的《龙狼传》，每个月都攒下零花钱去买月刊。后来我又喜欢荒木飞吕彦和荒川弘，甚至相信那个帅老头是能从读者身上夺取时间的吸血鬼转世。”

他见她久不说话，便抬起头看她，似乎是想在她的脸上找到笑容。爱丽丝不确定自己是不是该跟在他身后，他身上散发出的灼热能量强烈吸引着她，那种自信自足、充满热情的神态，她已经许久没有见过了。

他的声音不远不近，始终保持着距离，偶尔有读者认出他来，惊喜万分地要求合影和签名，他都笑着逐一满足他们。爱丽丝孤身站在不远处，眼见着他同周遭读者谈笑问候，笑容温厚，心中有说不出的酸楚。他的能量既然能吸引她，自然也能吸引旁人。

躲藏进狭窄的房间，爱丽丝终于舒了一口气。独居太久，本就不适应嘈杂环境的她，在人声鼎沸的书店中头晕目眩。她在深绿色布沙发上坐下来，用右手按摩双侧的太阳穴。阅读室的门被忽然推开，天磊走进来，手里拿着两瓶气泡水。

“我到处都找不到你。”他说。

她伸手接过饮料，听话地尝了一小口，抬头冲他笑。

他在她对面坐下，爱丽丝注意到他手里没拿任何书，显然是不打算就漫画这个话题深入交谈下去，不由得心生感激。相处的时光不长，她却已感知到他极其周到、观察敏锐的天性，从不强迫人遵循某种意志，懂得照顾他人的感受。

“你对别人也是这样冷淡吗？还是就对我这样？”他打趣道。

“就只对你这样。”她面无表情地回答。

他佯装生气，嘴角却露出笑容，神情顽皮得像个孩子，黑色镜框顺着鼻梁慢慢滑下。

“我原来以为你不会开玩笑的。”他说。

“我原来也这样以为。”

又是一阵大笑，他笑得前仰后合，然后伸手揉了揉她蓬乱的头发。皮肤相触的瞬间，两人都收敛起笑容，变得有些拘束起来。

“你那天为什么忽然离开？”他忽然问道，似乎已在心中反复琢磨良久。

“因为工作上的事情。”她坚持最初的谎言。

他没有戳穿她，却也没有接话，一时间两人都沉默下来。短暂的几十秒缓慢得如同百年，她侧过身，手指拂过墙上陈列的书籍，等待他打破这令人尴尬的寂静。

“我以为你是因为见到我，发现我是这样相貌平常、身材胖胖的中年人，感到难以接受，所以才愤愤离开的。”他随即发出一阵豁达爽朗的笑声，声音如闯入森林的风，让所有沉睡的叶片摇曳着苏醒过来。

他的语调还是一如既往地明快愉悦，没有半点烦恼的痕迹，全然不知她这段时日来曾经历过反反复复的情绪风暴，在见与不见之间进退两难。听见笑声的瞬间，她感觉到自身的敏感和脆弱，他的笑明明这样温和，却如同是在羞辱她一般。

爱丽丝再也无法抑制胸中翻涌的海浪，她用双手捂住眼睛，开始剧烈地哭泣。

她早已习惯情绪的过山车，知道自己会在极短的时间内经历情绪的高峰和低谷，但在他面前还是第一次。泪水从指缝里渗出来，沿着手背流进袖口。

她的哭泣像海上的热带风暴那样来势汹汹，到最后连肩膀都开始剧烈颤抖。他没想到她竟是这样的反应，有些不知所措，只能轻拍她的肩膀表示安慰。

“你怎么了？”他轻声问道，“我只是想逗你开心。”

她依旧无法停止抽泣，只能无力地摇摇头，意思是让他别自责。

“那天你走后，我始终很后悔，怕你情绪失控，再次伤害自己。我知道你正面对许多困境，虽然不了解具体是什么，但我希望你能照顾好自己。”他说得真诚坦荡，神情和语气中都透着光明磊落的气势。

爱丽丝只觉得心口传来一阵隐隐的刺痛，她放下早已湿透的双手，隔着眼泪看他，眼前的男子是如此善良正直、开朗率真，与她内心的晦暗和苦涩截然不同。

“我们是完全不同的人。”她说。

“我知道。”

“我要走了。”她站起来披上外套，用衣袖擦掉脸上残余的泪水。

“不许走。”他的声音忽然变得严肃冷峻。

“你说什么？”她有些诧异。

“我不能让你在情绪如此不稳定的时候独自离开，我不放心。”

爱丽丝愣了片刻，随即转身朝门口走去，却被他紧紧攥住手腕。

他抓得很用力，疼得她轻轻皱起眉头。他手掌的温度透过潮湿的衣袖，接触到她的皮肤，仿佛一阵暖流恰巧路过，她一时失了神。

“对不起。”他说，“但是我现在不能放你走。”

两人在狭窄的阅读室里僵持着，像抢夺糖果的倔强孩童，谁也不肯认输。

一滴眼泪滑落，再次沾湿了她面颊上残留的泪痕。她终于没有再挣扎，而是顺着他手臂的方向慢慢靠近他，直到他握紧着的手慢慢松开。

“有没有人告诉过你？”她指了指他的黑色眼镜。

“什么？”他的声音重新变得温和。

“你的眼镜总是往下滑，让人很想帮你推回去。”

从书店离开时已是黄昏时分，他为她打包了一整盒寿司便当，开车送她去火车站。晚上还有四场重要的录音要完成，参加录制的全部是新人，他作为监制需要全程在场。他把便当盒放进她的背包，伸手帮她系好安全带。

“很抱歉，又不能陪你吃饭。”他说，“但如果你能好好照顾自己，我会考虑带你去录音棚的。你不是一直想知道我是怎么录音的吗？”

“我以为你会和我保持距离，你有妻子。”她尽量保持着克制和冷淡。

一丝错愕从他眼里闪过，他陷入了深思，眼里的光芒逐渐暗淡，如闪电过后忽然沉寂的夜幕。“你知道我的事？”他低声问道。

“我刚才胡乱猜的。”爱丽丝低下头，竭力掩饰声音里的失落。

“我的婚姻已经结束，你不必困扰，我懂得如何把握边界和尺度，从不越界。”

“但你仍然有许多牵绊。我会毁掉你的生活。”

“你很极端，有时看起来孤傲得很，有时又把自己贬损到尘土里。”

“在你面前，我始终都在泥土里。我和你一起走过人潮涌动的街巷和书摊，见到你沉醉在世俗生活的臂弯里，同周遭的每个人都如此和睦，心中便有难以克制的自卑。你就像午后温暖明亮的太阳，我无法直视你的光芒。”

“是你对我的声音的喜爱，蔓延到了我身上。”他轻声说道。

“那你呢？你对往事的无法释怀，也会延伸到我身上吗？”

他没有回答，双手依旧紧握方向盘，眉心却隐隐皱起，仿佛是在思索她的话。

“我不知道，你和她其实很不一样，仅有的相似之处就是性情中的偏执和痛苦。”

“我不想搅扰你的生活。”她的气息忽然变得有些急促，面颊绯红，微微颤抖的嘴唇几经开合，始终没有说出心里的那句话。

“我知道，”他轻声说，用手轻轻揉了揉她的头发，“第一次见你的时候我就知道。”手指摩挲过她耳根的片刻，他曾有短暂的犹豫，最终还是将手收了回去。

“我能给你的很有限，但是我会尽可能地照顾你。”他说。

2

与天磊的接触逐渐增多，梦境也随之变得清晰稳定，有时能持续一整夜，醒来后记忆也不会立即消散。也许他本身便是一座信号发射塔，爱丽丝这样暗暗揣测，物理空间的重叠或是情感距离的缩短都会增加回闪的强度。

“你小时候喜欢听什么故事？”他不止一次地问她。

“我并不能经常听到新故事，外婆讲来讲去都是老故事。”

“我女儿最喜欢听故事，不管录什么她都欢喜得很，儿子却对此毫无兴趣。”

他说话时带着笑，总是毫无保留地提起过往。每每聊到一双儿女，眼神就变得格外明亮，随身带着他们的照片，时常拿出来与爱丽丝讨论，希望得到褒扬和赞许。失败的婚姻让人疲惫，但他还有孩子可以寄托感情。

“你怎么不说话？”他察觉出爱丽丝的沉默。她没有回答，这个话题或许过于残忍。

“爱丽丝？”他的眼里露出关切，“你介意我有过婚姻？”

她摇头否认，克制着没有流露出忧伤的神色。

相见后的第三个月，爱丽丝终于有机会跟随天磊来到录音棚。

由于是休息日，棚里只有一个加班的录音师，天磊把爱丽丝安排在工作台后面的观察椅上，开始做进棚之前的开嗓。他调整话筒和耳机，将少量温水含在嘴里慢慢吞下，然后迅速开始了将连续进行五小时的配音工作。

进入状态仿佛只需几秒钟，坐在棚外的爱丽丝很难找到确切的词汇形容眼前的场景，戴着耳机的他站在狭窄的录音棚里，左手捧着剧本，话筒距离嘴唇大约只有几厘米的距离。或许是耳机太紧的缘故，他把耳机的一侧微微挪开，露出半只耳朵，右手跟随着声音起伏上下晃动，仿佛是在虚拟的五线谱中寻找某个音阶。

这是个战斗者的角色，他的配音范围要从充满攻击性的屠杀瞬间切换到饱含深情的对白，然后从喉咙口挤出轻微的冷笑，暗示对敌人的讥讽。录音师的手指调动设备，用简单的手势给工作中的他下达指令，示意他停止或者继续。

逆向工程般的浮想，就如同熟悉航空设备配置的工程师仔细审视眼前的飞行器，试图在脑海中勾勒出它的内部结构。爱丽丝把目光聚焦在玻璃房里全神贯注的男人身上，努力想象着他录制《爱丽丝梦游仙境》时候的模样。

她还是低估了他对声音的掌控力，不知道原来他能将每一种情绪定位得如此精准，就仿佛有精密代码镌刻在声带处那样。以紫色为主基调的声音不断呈现出不同的色泽和饱和度，在爱丽丝眼前汇集成细密精巧的光谱。

录音工作未能如期完成，六个小时过去，天磊依旧在与录音师商讨个别词语的语气和声音前后位置的变化，爱丽丝从包里拿出事先打印好的稿件开始翻阅。三天前安妮在邮件中发来了《七日》新创作完的几个章节，大约五万字，兼顾工作和学业的她每天都异常疲惫，写作速度变得非常缓慢。

有时候我不得不反复重读自己写下的文字，试图找回当初的感觉，但是这很难，写作者需要稳定持续的创作环境，否则故事的基调就会不稳定。我花了整整八个月的时间，写了十几万字，随后又大段大段地删除重写，最后只剩下这么多。这是我的坏习惯，吹毛求疵，对文字过分打磨。

爱丽丝仔细阅读这份稿件，用随身携带的铅笔圈出建议修改的地方。安妮文字的辨识度很高，剧情能力却很弱，部分章节之间的衔接不够流畅，爱丽丝在空白处写下推荐书目的名字，希望她能从其他类似创作风格的作家那里汲取灵感。

“你在看什么？”天磊的声音把她从故事里拉回现实。

爱丽丝抬起头，见他从录音棚里走出来，声音略显疲惫喑哑。

“在读一位年轻作家写的小说，我在伦敦书展上遇见她，明明是未满二十岁的年轻女孩，言谈举止间都透着青涩，笔下的文字却这样令我痴迷。我读过很多获奖的小说，无论是技巧还是叙事能力都远胜过她，却从未有过如此心动的感觉。”

他看着她略带陶醉的神色，目光里透出笑意。“你要出版她的作品吗？”

“我不知道自己是否有这个能力说服总编，但我会尽力，我想要给她一个机会。”

“我忽然觉得我们很像。”他笑着说，“我曾遇见过一个热爱配音的孩子，声音条件不算最好，普通话也不够标准，但在录制过程中总能显现出巨大的爆发力。需要悲伤的时候他能号啕大哭，欢乐时也能放声大笑，像疯子一样变幻着情绪。我被他感染，力排众议留下他，帮助他慢慢展现藏在声音里的秘密，我想要给他一个机会。”

爱丽丝看见他的眼里似有星辰闪烁。

“我从来不知道，原来我们说过一样的话。”他伸手在她的鼻梁上轻轻一刮。

3

第四个月，爱丽丝决定向他展示自己的伤口。

从前只是单薄无力的文字，通过邮件传递，正式得如同递送公文，如今她希望他看见真实的自己，没有遮挡和掩饰，她不想要一段从最开始就充斥谎言的关系。

她把亚麻色布袋倒置，轻轻抖动，光怪陆离的医疗凭单哗啦一声飘落在桌上，如同被敲碎了玻璃的万花筒，又仿佛是游荡在繁花丛里的白色蝴蝶。几张泛黄的账单被风吹散，慢悠悠降落在他脚边，被阳光的铆钉按在地上。

他弯腰拾起那些薄脆的纸张，每张都写满了他未曾听闻的药物名称，左下角记录姓名的油墨已有褪色的痕迹。他第一次看见她的真实姓名，平淡纤弱的笔画，像镂刻在城堡精美壁画上的点缀，似有若无，此刻却深深烙印在他心上。

“我这四年来服用的药物，拜访过的医生，得到过的所有诊断都在这里。”

他眉心有微微的颤动，低头端详这些纸张，神情忧郁得像看见秋日的满地落叶。“我想知道，当年伍钥是否也经历过这些。”他的声音有些干涩。

爱丽丝不作声。他像是意识到自己说错了话，忽然抬头。

“抱歉，我不该把你们混为一谈。”

“我不介意。天磊，你对我的眷顾本就与她密不可分，我早就知道。”

天磊张嘴似要有所解释，却被她轻轻按在嘴唇上的食指打断。

“告诉我更多关于她的事情，我想知道，她是否也和我有相同的困境。”

他犹豫了片刻，在确认爱丽丝不会因此而感到不悦之后，决定满足她的要求。

“你们其实不像。”他说，“你极其安静，她却张扬执拗得像头野牛，头发剪得很短，眼线却描得很浓，嘴唇勾成圆润的弧线，笑声很大，笑起来的模样比我记忆中的任何人都好看。她和我同样是漫画迷，声音和画技却远高于我，所以那时候只要她在漫展或是录音棚里，基本没人会注意到我。”

“你在暗暗和她较劲？”爱丽丝问。

“是啊。”他的嘴角露出笑容，陷落在回忆的角落却毫不自知。

“我年轻时自尊心强，总想着超越她，而她更是如此，所以即便是长期受到精神问题的困扰，也从未同我分享。”

“那你是什么时候开始注意到她有这方面的困扰的？”

“那时她的情况已经很严重了，手臂上常常带着伤疤，是她用刀片划伤自己的痕迹。起初她还会用长袖遮掩，后来干脆露在外面，那些伤痕触目惊心。我被吓坏了，大声责备她，问她为什么不去看医生，后来甚至开始躲着她，怕别人嘲笑。”

如此熟悉的画面和感觉。爱丽丝紧紧闭上眼，露出无奈而痛苦的神情。

“傻瓜。”

“什么？”他露出诧异的神情。

“我说你是傻瓜。你不知道她这样做时心中有多么难过。”

“即便再难过也不能伤害自己，不是吗？”他振振有词。

“你不能站在道德的制高点去评判她，这对她而言是致命的。”

他陷入沉默，仿佛是在思索她说的话。

爱丽丝叹了口气，从椅子上慢慢站起来，走到他身边。她轻轻捏住他的小拇指，任由那熟悉的温热感渗透到指尖，似乎是在汲取某种能量和勇气。

“答应我，不要因此而厌弃我。”她说，缓缓拉开衣襟前的金属拉链。

静谧的午后，他看见她缓缓褪去外套，起伏的锁骨盛满流光。她的黑色紧身背心被阳光勾勒出金色轮廓，仿佛是电影里时常描绘的肉体。美好的幻觉。她的胳膊和手臂伤痕累累，细长的划痕像流浪山野的小蛇，将皮肤切割得斑斑驳驳。

他手里的纸片跌落在地上，整个人呆若木鸡，张着嘴，喉咙却发不出任何声音。半个世纪的沉寂。她慢慢抬起头与他对视，哀伤的眼里噙着泪水，像忧郁的蓝色海面。

“你想看见全部吗？”她问，转身露出满是抓痕的后背。大部分伤口已结痂愈合，徒留下浅浅的白色伤疤，像乡野里纵横交错的田埂，构筑起她绝望的宇宙。她背对他站着，裸露的脊背让阳光炙烤得微微发烫。不知道那些疤痕在阳光照耀下是什么模样，会不会像晚霞降临前的云朵，身体周围被描摹上淡淡的金色？

他的手臂有比太阳更灼热的温度，他的胸腔紧紧贴着她伤痕累累的脊背，急促而潮湿的呼吸打在她的颈部，像暴雨来临前南太平洋岛国上的潮热空气。她隔了好久才反应过来，他正从背后抱住自己。这个拥有紫色声音的人，这个她暗自思念的人。

眼泪背着他簌簌落下，她的沉默是对情欲的默许和纵容。

“我一定会让你好起来的。”他的声音笃定得像被烈焰熔铸后的钢铁。

“我一定要让你痊愈，彻底痊愈。”

多么熟悉的话语，爱丽丝默默想着，脑海中浮现出瑞恩的笑容，纵使被她推向深渊，他含笑的目光里也只有温柔。“我一定会让你好起来的。”他说。

还有外婆，穿着花棉袄站在杏树下晾晒棉被和衣物的外婆，盘在头顶的黑色长发里藏了一千根魔法发夹。她也曾说要守护着自己，最终却还是化为尘土，去了看不见的地方。她身上的香味被风带走，流散在明媚春光里。

爱丽丝的手指滑过腹部，他双臂环绕的位置。她用微凉的双手紧紧贴着他的手背，指尖滑过的地方，还带着从前婚戒留下的勒痕。天磊。天磊。她在心里低声喊他的名字。反反复复，贪婪地索取着注定要消逝的眷恋和依赖。天磊。她沉默地呼唤他，在情爱的悬崖边来回踱步，不想重蹈覆辙。

他环绕在她腰际的手臂收缩得越发紧了。

“至少我能一直为你念故事，直到你痊愈的那天。”

爱丽丝转过身来，面颊上残留着淡淡的泪痕，眼里的伤感已经流走。

“好。”她说。

第十章
人格密码

漫长的假期终于临近尾声，爱丽丝修剪完头发，将工作需要的衣物并排挂到衣架上熨烫。雨雾弥漫的梅雨季节阳光匮乏，春日的晴朗明媚早已消散，她用指尖摩挲着略带潮气和褶皱的深色布料，感觉心慢慢变成吸饱水的海绵，虽然阴沉沉的，却始终绷着一根弦，没让忧郁的水滴落下来。

瑞恩专程来看她，背包里装满新书和新鲜食材。“你还好吗？”他问。这是他搬离公寓之后第一次同她见面。爱丽丝依旧用沉默和浅笑迎接他，接过他沉重的背包，没有客套也并不生疏。“我觉得你的气色挺好。”他这样补充道，跟随她进屋。

他未曾改变，灰色衬衫散发出洗衣液的温和气息，衣襟前有着星星点点的酱油渍，褶皱的边角从来不会熨平。他不喜欢把衣角塞进裤子里，以至于整个人看上去松松垮垮。她习惯性地走上前帮他整理仪容，把衬衫塞进腰部的皮带里，他的手臂圈住她，充满默契地将她抱在怀里。

“别这样。”她说。

他不勉强，转身走进厨房。还是和从前一样，他在狭窄的厨房里展现出过人的烹饪天赋。对食物有恒心与耐心，七十分钟就可以将山药、秋葵、豆腐、蘑菇逐个清洗切割，用清淡的肉制品煲汤，慢慢过滤掉浮在表面的油脂，用矿泉水把米饭煮得精细绵软。爱丽丝坐在窗台上翻阅他带来的书，试图压抑住翻涌不息的回忆片段。

她深知在这段失败的关系里，他并无任何错处，错都在她。无法在亲密关系里保持理智和可控性，对情绪的波澜束手无策，不渴望婚姻和生育，对周遭的环境冷漠疏离，她真的无法成为任何人的归宿。

“我下周要去美国，接下来的一系列采访和追踪报道都在那里进行，估计要很长时间之后才能回来。”他说。爱丽丝没有回答，低头咀嚼着鲜嫩翠绿的秋葵，用筷子拨弄碗里的白米饭。“你和我一起走，可以吗？我可以帮你预约很多心理治疗方案。”

爱丽丝抬起头，眼里流露出困惑的神色。“心理治疗？”

“看来你还没有读到我给你写的信。”他露出略微无奈的笑容。“你没有去看我留下的那本书吗？那是我特意留给你的。”

她思忖了片刻，想起了那本 *First Light*。

“抱歉，我以为是你忘记拿走了。”

“我在那本书里给你留了信。不过以后再看也没事。今天我来找你，其实就是希望你能跟我去美国，在那里你可以得到很好的治疗。国内的心理学发展还是滞后的。”

她把筷子搁在桌子上，慢慢咽下食物和汤水，模样显得忧郁踯躅，仿佛是在和内心的某种力量对峙。在她漫长孤寂的生活里，瑞恩是她唯一可以信赖和依靠的人，断绝这种情感维系势必伴随着疼痛。

“你怎么了？”瑞恩从她的异样神情中察觉到了煎熬和对抗。

她抬起头，缓慢地深深呼吸。“我已经有了新的伴侣，你不必再来。”

他的目光在一瞬间冷下去，如同坠落在海面的太阳。他几次张嘴想说些什么，却又回归了沉默，反反复复，眼神里带着深蓝色的惆怅。爱丽丝没有抬头看他，默默喝完碗里的汤水。她的感情总会在某个时间节点被推入沉默对峙，譬如此时此刻的餐桌上，她不知如何安放感情，那超出了她的能力范畴。

“放任你独自在爱情里，我不放心，你根本不知道如何去爱。”他的语气异常强硬。

“我现在很克制，从不越过界限。我和他之间不会有婚姻，只有分享和陪伴，我只是希望午夜醒来的时候，有人能听我说话。”

他在幽暗的光影里叹了口气，在她永不停歇的偏执面前无计可施。

“你笑起来很好看。”他忽然说，没有继续刚才的话题。

“你总是这样低沉寂静，笑起来却很好看，仿佛一朵睡莲忽然绽放在荒芜水域，噗的一声脆响，裂开花瓣，在无声世界里激起一阵涟漪，让人心神俱乱。离开你这么久，每每想起你开心时候的模样，我依旧觉得很高兴。”

“我始终想问，你为何对我如此眷顾？”

“你的疲乏与绝望激发旁人的英雄主义情结。他们希望伸手拉住你，想要看见你笑，试图给予你想要的爱和眷恋。但是爱丽丝，你本身就是个无法填满的黑洞，你忽视那些层层叠叠的隐秘伤口，一再放任自己。你把他们统统拉下水，和你一起坠入深渊。”

“所以我才要放你走。”她无法在他面前伪装，声音里充满委屈的哽咽。

“你真正需要放过的人是你自己。爱丽丝，你应该尝试独立生活，而不是依赖旁人的篝火取暖，在同样的地方反复跌倒。”

她不作声亦不落泪，气息逐渐恢复平稳，眼里忧伤的云翳又增厚了一层。

“我很久之后才能回来，在此期间你要好好照顾自己。那本

First Light 还在你家吧？记得帮我保管好。”他伸手抚摩她的头顶，声音恢复了一如既往的温柔。

瑞恩走后，爱丽丝找到 *First Light*，发现书的护封已经肮脏破损。她曾特地购买了牛仔质地、设计精湛的书壳套在外面，以保护内封和内文。尽管如此，她却从未想过要翻开书重新阅读一次。书里的每个章节都夹杂着关于瑞恩的回忆，他酷爱此书，总忍不住对她长篇宏论一番，她默默听着，时间久了便有了记忆。

快速翻动书页，随后拎着书脊反复抖动，终于有一张米黄色手工信笺纸飘落到地上。瑞恩是有意这样藏着的，她知道，他希望她因为思念而去重读这本书，然后恰巧看见藏匿的信纸。发现信纸的瞬间，爱丽丝意识到自己再次让他失望了。

爱丽丝：

我无法当面陈述的话都写在这里了，请你一定要读完。

三年前初次遇见你，你说心理医师曾判定你患有“双向人格障碍”（Biopolar Disorder），建议你使用药物治疗。经过整整三年的观察和研究，此时此刻的我可以很明确地说，你的病症其实应该被称为“边缘型人格障碍”（Borderline Personality Disorder）。关于心理诊疗我没有知识基础，所以直至近日才找到真相，眼睁睁看着你服用错误的药剂，进行错误的治疗，我真的非常愧疚。

双向人格所带来的情绪起伏的确巨大，是长时间和周期性的，患者很可能几个月来都情绪低迷，然后忽然变得精神亢奋、灵感不断。可是爱丽丝，你的情绪骤变往往是在瞬息之间，上一秒还是愤怒暴戾，下一秒就变得消极、沮丧和绝望，过不了多久又能恢复平静，这恰好是边缘型人格障碍的特质。

不仅如此，偏执易怒、极端敏感、怕被人遗弃、有重度自毁倾向，这些都是属于边缘人格群体的鲜明特点。童年时期受到暴力或者虐待的人，得病的概率比常人高出四倍，如果母亲有这样的问题，女儿得病的概率又会增加五倍。你曾数度和我说起你母亲的暴躁和反复无常，我因此觉得，或许她也深受困扰。

爱丽丝，你可知道这个群体的自杀率有多高？虽然你从未向我提起，但我只要见到你眼中闪烁的绝望，就会非常担忧和害怕，甚至不用刻意猜测我就能知道，你一定曾经计划过死亡。亲密的关系有可能缓和或者加重病情，我不能冒任何风险，只能答应你的请求，暂时离开你。

我知道作为曾经的伴侣，你无法将我当作理想的心理咨询对象，可是这三年来，我陆陆续续收集了许多心理治疗机构的资料，并且与他们取得了联系。国内在这个方面的发展较为薄弱，我可以陪你去美国，或是你最熟悉的德国，我几乎可以保证，你的症状一定会减轻。我知道你的痛苦需要时间来冲淡，不会强迫你立即进行治疗，我可以等你。

加油！

瑞恩

爱丽丝捏着手中已变得薄脆的信纸，来来回回反复阅读，大脑陷入暂时性的麻痹状态，完全丧失了思考的能力。目光聚焦在信纸落款处的日期，距离现在大约已有两年，当初她经历过无数争执和矛盾，骤然流产，情绪和身体都已经彻底崩溃。瑞恩大概是在搬走前写下的这封信，他知道她无法听进任何劝告，只能留下文字，希望终有一日她能读到。

愧疚和震惊洗刷着心灵，瑞恩一如既往的深情和爱护让人心碎。他这样温暖纯粹，但他想要的爱和家庭，却是她无法负担的重量。他试图治愈她，带她走进理想国度，却始终节节溃败。但撇开感情不谈，爱丽丝相信他对自身精神疾病的判断，他白纸黑字的完美论证没有破绽。她扶着桌子慢慢坐在地上，试图在极度震惊的情绪中整理思路。

边缘型人格障碍，这是她得到的判决。

这是她许多年来无法拥有亲密关系的原因吗？这是她暴戾、凶狠、阴晴不定、诡谲多变的根本缘由吗？瑞恩不会欺骗她，但她心中的疑惑此刻正慢慢沸腾起来。

丰富的互联网资料向她讲述这种人格障碍的前世今生，从十九世纪末起被研究和讨论，到二十世纪中叶被正式命名，它是所有障碍性人格中公认的与遗传学关系最紧密的一类，也是自杀率排名极其靠前的类别，易感群体主要是年轻女性。

“与其他障碍性人格群体不同，边缘型人格障碍群体的自虐性行为往往带有‘吸引注意力’的意图，其本质是出于对被遗弃的恐惧。”光标滚轮在手中停下，爱丽丝目不转睛地盯着这句引言，内心思绪翻涌，仿佛有人在她的胸腔里装载了微型的分子显微镜，毫不留情地洞悉了她最难以启齿的秘密。

天生的不安全感是她情绪失控的起因，这种失控点燃的怒火烧灼到亲密关系中来，让她变得极具破坏性，但同时却又担心这种破坏性会让自身遭到遗弃，于是恐惧再次点燃愤怒，加剧她的自残行为。一个荒诞的怪圈。她在这怪圈里东碰西撞，头破血流，却依旧找不到出路。

“如何治疗？”她在给瑞恩的邮件中敲击出简洁的问句。

凌晨两点，他的回复抵达她的邮箱。

你终于读到我的信了，爱丽丝，谢谢你。我始终觉得这本书的名字里藏着很好的寓意，*First Light*，破晓时分的光芒，它暗示着希望。

我希望能带你去做脑部结构扫描图，它可以让我们观察到你出现情绪波动时大脑中最活跃的区域，也可以知道你的海马体和杏仁核的大小比例。但更重要的是，我希望能用可视化的报告让你确信，你所谓的人格缺陷和格格不入，都有遗传学和病理学因素，我希望你能原谅自己。凡人皆有病痛，你也不能免俗。

我最崇尚的疗法叫作“辩证行为疗法”，英文简称为“BPT”，这个疗法需要患者与医生有长时间、规律性的互动。边缘型人格障碍的治疗辛苦而漫长，因为病人非黑即白的极端性格会阻碍治疗，大多数病人因为无法信任医生而放弃治疗，也有人因为长期相处而过分依赖、崇拜，甚至爱上自己的治疗师，又因得不到爱情而崩溃。可是爱丽丝，我们还是应该尝试，这是拯救你的唯一办法。

她感受到内心的犹豫和不安。去异国治疗意味着放弃工作，以文字为生的她在境外很难拥有稳定充裕的物质基础，心理咨询之路又是这样漆黑漫长、毫无尽头，她不想将自己放置在这样令人窒息的环境中。

瑞恩似乎预料到了她的踯躅和顾虑，没有催促她，只是时不时整理出相关资料发送给她。英文版的患者日记，资深心理治疗师的手记，报刊登载的相关文章。他甚至整理出一整张完整的姓名清单，筛选出适合她的医生人选。

出国治疗意味着归期遥遥，她与天磊的联系势必中断，这是她难以接受的另一个现实。她已经习惯将他视为生活里最重要的企盼，痴迷于他的声音如同沉迷于某种药剂，不愿将他从生命的维度里割裂出去。

深夜听他的录音带，一遍遍重新播放早已烂熟于心的篇章。《海的女儿》是催眠的助推器，钟晓阳的《哀伤纪》她反复听过数十次，胡利奥·科塔萨尔和马尔克斯的作品集是他的最爱，塞巴斯蒂安和略萨的书他念得很费劲，却丝毫没有懈怠。

在透明玻璃罩里点一小支熏香蜡烛，看着淡紫色光晕不断氤氲扩散，内心的湖面就能迅速恢复到平静如镜的状态，仿佛精神疾患是发生在其他平行宇宙的事情。她在这宁静温润的声音里找到归宿，流连忘返，详尽而真实的回闪梦境随时可能降临，她已学会完完全全地敞开内心，跟随他的声音去记忆里流浪。

可是为什么出现在回闪中的偏偏是这些事情？

意识到自己的人格障碍后，她开始存有这样的疑惑。从前她反复思索，试图了解为何天磊的声音能带她回溯往事，却始终没思考过，自己在回闪中看到的过往是否有特殊的含义。是否他的存在本身就带有特殊的含义？就仿佛是前世未完成的事情，延迟到今生来兑现，紫色声音是他们辨识彼此的秘密暗号。

他是否注定要完成某种使命，以催眠者的姿态，带她走进漆黑的内心世界？

少时畸形的恋爱、无休止的家庭纷争、在人声鼎沸的校园里遭人耻笑和排挤、被母亲虐打与恐吓、失败的婚姻和流产，这些回忆排列组合成隐秘的人格代码，不动声色地操控着心灵和意识的列车轨迹。

你究竟想带我领悟什么？天磊。她始终没有答案。

这个男人带着阳光般灼热丰盛的能量，让她疑惑也让她沉醉。她没有贸然提起关于催眠的话题，只是反复试探，试图揭开他紫色声音的秘密，却从未得到过有价值的线索。他对自己的力量一无所知，仿佛是湖面的水仙倒影，对自身的美无知无觉。

她也曾遍寻网络，希望像当年了解联觉那样熟悉关于催眠的话题，却始终找不到佐证，或是学术界普遍认同的结论。催眠疗法说到底还是野路子，被用在心理治疗领域时，颇有几分“死马当活马医”的味道。更何况，天磊所开启的梦境更接近于不同时空的联结，与广泛意义上的催眠本就不同。

“你能告诉我关于催眠治疗法的知识吗？”她在越洋电话里询问瑞恩。

电话那头的他沉默了片刻，再度开口时声音带着些许疑惑。“为什么想知道？”他问，“我不认为这是治疗边缘型人格障碍的最好方法。”

“为什么？”

“因为市场混乱，缺乏相关的资质考核，即使在发达国家也是如此。它或许可以在你和催眠师之间形成暂时性的意识维系，能够帮助你深入心灵和潜意识，作为探索自身的手段。但这里所说的催眠是一种谨慎严苛的临床手段，不是媒体所宣扬的以消遣娱乐为主的表演。”

“你说它能帮助我探索内心？”她语调突然上扬，脑海中浮现的是那一个个过于真实的梦境回闪，浅紫色萦绕的往事重现，天磊的声音是唯一的媒介。

“催眠的本质就是以进入睡眠状态的方式探索内部世界，通过某种指向性的暗示形成修复和治疗。”瑞恩说，依旧困惑于她突如其来的兴趣。

“这就够了，瑞恩。或许这就是现在我更需要的东西。这些年我四处求医却毫无成效，想来也是我对自身缺乏了解的缘故。就比如你指出我的病症，而我却不知道自己究竟为何会有这样的精神疾患。我想要知道。”

电话那头的他陷入沉默，似乎是在思索她刚才的话。

“有没有这种可能，我听见某种声音或者看到某种色彩，就能自动进入被催眠的状态呢？”爱丽丝趁热打铁地问出了这个她始终疑惑不解的问题。

“不可能，进入催眠状态需要有人引导，不断给出指示性的命令，并且需要被催眠者极度信任和配合，否则不会成功。”他的回答笃定而坚决。

“可是我有联觉，是不是有可能，我的大脑前额皮质的构造有轻微的不同？”

“我不知道。关于联觉科学家们知道的还是太少，这可以是一种猜测，潜在的可能性。可是爱丽丝，我不明白你为何对催眠这样执着，从前你并不这样。”

“没什么。”爱丽丝的回答几乎是脱口而出。她从未和任何人说起天磊声音的颜色，这是他们之间的秘密，是无法被旁人夺走或否定的隐秘联系。撒谎的瞬间，她忽然意识到自己竟然对天磊如此迷恋，即便没有所谓的催眠，她也早已深陷其中。

第十一章
涨潮时刻

试探和迂回的时光过去之后，爱丽丝在清晨醒来，被窗外树丛里的蝉鸣厮闹得失去睡意，眼前一直浮现天磊的模样，知道自己最终无法逃离情感的掌控。他的隐忍克制幻化成微小的毒药粉末，慢慢溶解在她的深红色血液里，沿着静脉血管流经全身，在大脑和心脏里留下难以消退的紫。

他言出必践的特质让人着迷，他在繁忙中如约录制的各类音频里藏匿着深海星光，仿佛手电筒的白色光芒穿透水母的身体，在漆黑的水下世界折射出看不见的彩虹。她躺在浴缸里，反反复复听他说的每一句话，在词句之间捕捉到他不易察觉的气息转换，辨别出最细微的情感变化。

催眠者

吸气，呼气，她跟随着他的步调没入水中，吐出透明的气泡。

每月搭乘火车去他的城市，同他穿街走巷，去听动漫题材的专场音乐会。有时他被路边的烧烤摊吸引，犹豫着是否要买烤肉和鱿鱼串，她站在不远处等他，在他犹豫不决的表情里寻找到属于孩童的纯粹。

夏日的南方街道酷热难耐，他在商店里买来的深蓝和酒红的透明棒冰占据了他的双手，他小心翼翼地走到她跟前，向她展示晶莹剔透的球形手工棒冰。她接过一支放进嘴里。“帮我推一下眼镜。”他说，把身体侧转向她。

她笑了，将右手食指伸向他的鼻梁，在上面轻轻刮了一下。

他眼里闪过一丝诧异，随即立刻握住了她试图缩回去的手，揣进自己的衣兜里。

一阵强烈的电流穿过她的身体，从指尖到心脏，然后遍布全身。

这个时刻终于到来，就像她期待和担忧的那样。情欲的火山持续喷发，伴随着地震般的呼啸和颤抖，炽热的岩浆如巨浪袭来，她闭上眼，灰飞烟灭。

感知到她的颤抖，他的手握得越发紧了，丝毫没有松开的意思。

“你说过自己从不越界。”

“我收回那句话。”他说，声音依旧是让人意乱情迷的颜色。

他对声音的驾驭能力炉火纯青，甚至无须准备就能进入任何角色扮演，认识他的时间越久，她就越能感知到他超乎寻常的天赋。他的声音成为慰藉，即便是隔着遥远的距离也能抚慰她的身心，让她放下防卫的甲胄，进入遗失已久的孩童状态。

烈日普照的盛夏午后，她盘腿坐在地板上，对汗水涔涔的他露出明媚的微笑。他不能停留很久，通常用过晚饭之后就要离开，所以在这有限的相处时间里，他总是竭尽所能地展示着自身的才华。

“你可以模仿出各种年纪的声音对吗？”她问。

“在特定范围内可以。不同身形体格的人会有不同口音。你想听？”

她点头，说想听老顽童和小淘气的对白。

“小孩子需要多小呢？”

“八岁？”她话音刚落，就听见他被吓得深吸一口气。

“办不到啊，”他反复求饶，“声音的跨度是有年龄限制的。变声以前的声音我发不出来，你还是杀了我吧。”他拿起她的手在脖子上比画了一下，把她逗得咯咯直笑。

他的眼睛忽然变得很亮，仿佛有一滴泪滴落，她下意识地收起笑容，仔细端详才发现，那不过是他目光中闪烁的光芒。“一定有人告诉过你，你笑起来的样子很好看。”她低垂下目光，露出某种属于少女的青涩笑容，他伸手抚摩她的头发。

寂静私密的空间，他努力模仿出她想要的腔调和声音，卖力地讲起了老和尚与小和尚的故事，末了又开始学山林鸟鸣、猛虎扑羊。起起伏伏的淡紫色萦绕在她周围，如同跳舞的音符，连续不断地旋转飞舞。

“我还会模仿鬼魅的笑声，就像西方电影里时常出现的那样。你想听吗？”

她笑着点点头，满怀期待地看着他。

他清了清嗓子，一鼓作气地发出一连串阶梯式的邪魅笑声。温柔的紫色变成浓郁的紫黑色，四周萦绕着耀眼的蓝紫色光晕，如同格陵兰岛夜空的极光。她被这奇幻的颜色震惊，原本平静的心海忽然浪潮迭起，情绪翻涌。

他终于止住了笑声，用期待的眼神望着她，孩童般无声地祈求奖励。

她没有说话，右手覆在胸口，气息微微凌乱。

“不喜欢吗？”他问，忽然显得有点拘谨和紧张。

“喜欢。”她说，起身向厨房走去，摸索着在冰箱里寻找苦气泡水。

午后三点半的阳光照亮粉色地砖，他跟随她走进厨房，看见她逆光站立，背影被太阳勾勒出金色轮廓。她仰着头，咕嘟咕嘟喝下瓶中的苦涩饮料，许久才垂下手来喘气，眉头因为苦味而紧锁，扭头看他的瞬间双颊绯红。

“你不要进来，”她双手推着他的肩膀示意他离开厨房，“让我控制一下情绪。”

她的手腕被他牢牢握住，瓶子掉在地上，碎裂成几片翠绿色玻璃。她抬起头，看见他眼里暴风雨般的复杂情绪正不断加深，逐渐变成裸露的欲望和渴求。

“我总是喝苦气泡水控制情绪,你是不是也该喝一点？”她问。

他的喉头微微颤动，发出极其轻微的笑声，像是在嘲讽她的不合时宜。

“不要嘲笑我。”她话未说完，嘴唇就被他灼热的吻覆盖。窗外的阳光不知何时退隐到云层背后，天色暗沉下来，沉闷的夏季午后会有暴雨来临,压抑许久的水汽集结成云,被闪电刺透身体，刹那间的火光照亮天际。

鼓起勇气要学习他的世界的规则，爱丽丝悄悄来到市中心最大的漫画书店。这家店开张以来始终生意兴隆，在周遭诸多的商业竞争中屹立不倒，差不多也有七八年了。她随老板来闹市区举办签售活动，或是为某位作家策划酒会时常常路过，却从未想过要进去。

双层式现代书屋，吊顶高得让人畏惧，仿佛悬挂的灯盏随时可能坠落下来。和天磊带她去的书店一样，这里到处都是身穿动漫套装、戴着假发和配饰的年轻人，偶尔也有衣着随性的中年男子坐在台阶上，闷头翻阅手里的画册。

催眠者

格格不入的气息，她混在人群中，再次感到手足无措、紧张万分，仿佛是做了亏心事那样不敢抬头。远处的收银台边，上了年纪、头发花白的书店老板斜倚在凳子上看漫画。爱丽丝慢慢走过去，跟他打招呼。

“你这里有富坚义博的书吗？”她用微弱的声音问，显得很没底气。

“书名。”老板头也不抬地回答。

“随便，随便哪本都行。”她说，只希望赶紧离开。

面前的中年男子抬起头来，眼神里露出鄙夷和困惑。他指了指最靠右侧的书架，意思是让她去找。他的手指在空中随意一晃，她根本看不清具体位置，只好在差不多的方向随手抓了几本书，到前台付账。

“你不是说要买富坚义博的吗？这是井上雄彦的。”老板的语气越来越不耐烦。

“没关系，就这样结账吧。”她满脸通红，希望能够赶紧消失。

她这样羞愧难当地走出书店，两天后却出人意料地再次回来，向老板询问其他漫画家的信息。“我要买很多书。”她首先扔出这句话，显然是做了充分的心理准备，“我要买很多书，但是不知道放在哪里，我写了一张清单，麻烦你去帮我找出来。”

老板接过她手里涂涂改改的白色便笺纸，勉强地挪开脚步，熟练地穿梭在书架之间，把她想要的书都装进透明的塑料筐里。

爱丽丝站在远处观望，紧绷的神经渐渐松弛下来。色彩鲜亮的画册堆积在购物筐里，慢慢构筑起螺旋阶梯，在他的城堡里盘旋而上。她觉得自己仿佛离他更近了一些。

爱情的起点处充斥着非理性的痴迷，两人都忽略了彼此之间的巨大鸿沟，正以自由落体的速度坠入柔软的情欲之海。她在生命的窘境里抬起头，看见他的身影缓缓靠近，目光含笑，他伸出手，带她见证理想中的人正是理想中的模样。近乎饱和的爱情剂量里混合着放纵的气息，充满刺激的堕落感，很少有哪种幸福感能与之匹敌。

他们如此迷恋彼此的肉体，以至于走在街上时必须十指相扣。他抚摩她的头发，穿过拥挤人群时紧紧揽住她的腰部，面对热气腾腾的食物也无法挪开注视她的双眼。他们每时每刻都端详着彼此，从餐厅、影院、书店、超市、咖啡厅到录音棚、演播室、漫画展和活动现场，肌肤触碰的瞬间，他们感知到情欲的暗流静静涌动，身体变得灼热敏感，一触即发，躯体发出源源不绝的声响，如盛夏山林里遥相呼应的鸟鸣，此起彼伏。在短暂生命的某个瞬间，他们共同坚守的秘密被雨水浇灌，变得地久天长。

她意识到身体的变化，比荷尔蒙剧增的孕期更加明显。体重日益增加，食欲却依旧旺盛。早晨可以喝下两碗粥，吃热腾腾的包子，夜里披着外套去街巷口的餐厅买蟹粉豆腐和云吞面，回家路上用棕色纸袋装满一整袋的酸奶和乳酪面包。

中医说她恢复得不错，脉象平实稳定，可以暂时停止用药。她将硕大的陶瓷药壶浸泡在水缸里，用刷子清洗常年堆积的药渍，然后把它倒扣在露台上晾晒。南方的盛夏酷热难耐，她穿着宽松的白色衬衣，光脚踩在厨房的瓷砖地上，仔细洗过的葡萄色泽鲜亮，她衔了一颗在嘴里，跑回到电脑前给他写信。

跟随他去不同的城市出差，混在人群中听他的演讲和访谈，看见身边的年轻女孩用沉醉的目光瞻仰他，心中藏着隐秘的幸福感，仿佛自身的价值得到认定。数千人摇晃着荧光手环为他加冕，在那一刻，他不仅是普罗米修斯，更是她世界里的国王。他的力量弥补了她永久缺失的自我认定，诱惑她马不停蹄地去追逐，等待他在欢呼的人群中偷偷递来一个暧昧的眼神，他知道自己正拥有着她全部的爱情。

久不见光的胶片相机记录下那段时光，她涂着口红坐在盛夏的阳光里，身边是郁郁葱葱的绿色植物。镜头捕捉到她的面容，在烈日下眯起眼睛，浓密的黑色长发编成两个粗辫子，石榴色耳环静静垂落。阳光在她敞开的领口徘徊，锁骨处的阴影在相纸上散发着立体派画作的气质。那是一个截然不同的她，置身于心仪男子爱和欲望的层层包裹之中，皮肤和骨骼都散发出相爱的气息。

相聚实在太难，她拒绝搬迁到他所在的城市，死守着彼此关系的最后防线。朝夕相处对她来说，危险得就像雷雨天站在树下避雨，随时可能被闪电击中。他没有勉强，并且尽量抽时间来见她，仿佛药物上瘾的人赶赴一场未知的盛宴，乐此不疲。

她在公寓里备好食材，小小的金属器皿里撒满胡椒、猪肚和排骨，汤底就在这炉火中沸腾起来，浓郁的香气酝酿成明目张胆的诱惑。她随即把蘑菇、木耳、青菜、冻豆腐和牛肉倒进锅里，等待他开门的声音响起，海鲜就可以下锅了。

他对食物有令人难以置信的执念，从咀嚼到吞咽都是乐在其中的模样。她隔着水雾看他，总觉得那囚禁在黑色外套里的生命如此鲜活旺盛，比她从前见过的任何人都更具朝气和活力。“你怎么不吃呢？”他问她。她不说话，笑着摇摇头。

放纵之爱，她所追逐的欢愉和痛楚在此刻得到短暂的满足。

难得相聚的时光，他坐在露台的摇椅上修改剧本，用橘红色记号笔圈出情绪突变的场次，在分饰多角的纸页角落贴上蓝色便笺纸。偶尔抬头的间隙，他看见她盘腿坐在地毯上，身边堆放着五颜六色的漫画集，她用笔记本记录下不同画册的作者信息、故事简介，上网搜索专业人士的评价，逐字逐句抄录下来。

“你为什么做这些笔记？”他问她，“这没有必要。”

“我想知道你为什么喜欢看这些。天磊，我从前对漫画真的一无所知，所以我想要知道，让你如此痴迷的东西究竟有什么魔力。”

他走到她身边，俯身去看她抄录的文字，见她密密麻麻、东倒西歪的字迹遍布纸上，如同盘踞在蜂巢里的成群结队的蜜蜂。

厚厚的红色笔记本，她居然已经写满了大半本。

“我喜爱漫画只是缘分，带有随机性，你实在不必这样。”

她的用心遭到否决，脸上露出失望的表情，她把头埋得很低，几乎要陷进书页和纸张里去。他被那可怜的模样触动，蹲下来抚摩她的后背以示安慰。她抬起头，目光里带着含笑的歉意，肩上的发梢轻轻颤动，搔动他的手背。

“对不起，”她说，“我总是害怕自己追不上你的步伐。我害怕你不喜欢我。”

她的声音露水般滴落在他心上。他停下轻拍她后背的手，紧紧抓住她细瘦的后颈，迫使她抬起头来。抽走她手里的画册，他低下头，亲吻她微微张开的嘴唇。

她完完全全地接受了他的侵占，在他身体辐散的灼热的气息中彻底放松，任凭他的吻从唇部渐渐迁移到下巴、脖颈和肩膀。漫长的温存持久不散，她像是迷途水鸟，在风餐露宿的飞行中找到归宿，历经百年的梧桐树枝繁叶茂，她停留在他的粗壮枝干上，享受着朝夕之间的慰藉。

第十二章
白垩纪的猎食者

1

回到公司的那天，爱丽丝发现旁边的桌子空了。

主管匈牙利语和俄语书籍出版的女同事夏鸢没有到岗，桌面上散乱的合同夹和碎纸机打碎的文件没人清理，显然是有什么突发事件。她向坐在身后的同事询问事情的缘由，方才得知在她缺席的这段时间里，公司里持续不断的明争暗斗让人瞠目结舌。

李瑛的地位岌岌可危，不仅如此，她甚至卷入了比被辞退更严峻的危机中。起先是她策划出版的俄罗斯文集被读者匿名举报存在疏漏，插页中使用的地图里，涉及中国部分海域和领土的地方，比例尺标注出现了严重错误。

政治类错误是所有出版人最害怕的噩梦，市场上的五万册图书被紧急下架召回，重新印刷的高昂成本要按比例从李瑛的薪资里扣除。如果她出于削减成本的原因放弃重印这套文集，就将面临俄罗斯出版公司的违约指控，并且失去长久建立的国际名声。

爱丽丝完全懂得这种进退两难的困境，李瑛是被人从暗处打了一拳，除了隐忍别无他法。可是所有文集都经过了校对部门的反复核查，为什么会出现这样的问题？爱丽丝百思不得其解，身边的同事也只能人云亦云，无法给出合理的解答。

祸不单行，由夏鸢责编的一整套欧洲文论中出现了恶意讽刺、诋毁和丑化中国政权的恶劣言辞，她没有修正这个政治错误，校对部门也没有进行修改，这段极具煽动性的反叛文字被印刷出版，发行到市场上，随后被审查部门取缔。

审查人员迅速介入调查，夏鸢书写的图书审读报告从档案室里被调出，原来她早已将整个段落标出，并向上级建议对此段文字进行删减，而李瑛的审稿意见中却没有出现相关的删改指令。所有矛头瞬间指向李瑛，她被停职审查，如果蓄意传播反动性政治言论的罪名成立，等待她的将是另一场风暴。

传言甚嚣尘上，整整两周的时间，公司上下都充斥着各种各样的流言蜚语。坐在爱丽丝身后的男同事悄悄告诉她，大家都认为此事是夏鸢故意为之。据说李瑛其实早已经下达口头指令，让夏鸢删减相关的段落，夏鸢也照办了，因此李瑛书写的审稿意见中没有再次提及这个问题。

然而李瑛没有料到的是，夏鸢在图书出版之前，将删掉的段落一字不落地加了回去，意图嫁祸。校对部门的主管引咎辞职，职位由手下的人临时顶替。爱丽丝听到同事的耳语，说校对部门的主管是李瑛的盟友，所以也被一并除掉。

甚至有人说，连那封匿名举报信也是夏鸢刻意安排的，因为她曾在私底下和同事提起俄罗斯文集中的比例尺错误，显然是在图书出版前就已经发现了这个问题。

所有人的目光都聚焦到夏鸢身上，两年前才毕业于名校的她清瘦柔弱，身体里却蕴藏着极强的爆发性能量，工作强度超过部门里任何一位男性。她衣着简朴，妆容素净，初见时给人纯真无邪的错觉，当人们逐渐意识到她强劲的社交手腕时，她已经是所谓的“林二夫人”了。

李瑛的丈夫林先生是市场营销部门的总监，掌控着整个公司的利润命脉，无论书籍的策划和装帧做得如何出色，如果后期的宣传不能跟进，就可能面临滑铁卢。夏鸢进入公司不久，就被其他同事撞见与林先生共同进出高档餐厅，两人都矢口否认，但所有人都心知肚明，因为无论夏鸢接管什么书籍的策划，都能得到市场营销部门的全力配合，销量永远排在第一，她也因此被戏称为公司的“当家花旦”。

调查进展得很快，李瑛反复强调自己曾命令夏鸢删除相关段落，只是苦于没有书面证据，夏鸢则一口咬定从未得到指令，系统的存档和校对部门存放的稿件备案离奇消失，李瑛没有任何翻身的机会。

面对同事斩钉截铁的指控，爱丽丝没有发表意见，只觉得整间办公室都乌烟瘴气、浑浊不堪。她从来不喜欢李瑛，这个曾经多次当着她拍桌子、发脾气的女人让人无论如何都难以亲近，听闻她遭殃的信息，爱丽丝甚至都没有替她感到难过，也不愿过多牵涉在纷扰之中。

即便如此，爱丽丝还是免不了暗暗思忖和疑惑，李瑛确实讨厌，有时甚至让人恨不得把咖啡泼在她脸上，但她不会愚蠢到在看到审稿意见之后无动于衷，任凭这样的反动文字出版。撇开性格和语言能力不说，她的眼光和判断力并不差。爱丽丝不敢再往下想，如果真的是刻意嫁祸，那嫁祸者的心肠该有多么恶毒？

两周之后，夏鸢获准返回工作岗位，她的工作流程符合规范，因此得以豁免，但出于连带责任，她被吊销编辑资格证，三年内不得再考，在此期间也只能以助理编辑的名义负责书稿。然而爱丽丝并未在她脸上读到沮丧和落寞，反而觉得她显得神采奕奕。

原先为了不触怒李瑛，夏鸢总是选择低调内敛的素色衬衫和牛仔裤，今日她却穿着碎花连衣短裙，露出洁白纤细的小腿，微微卷曲的长头发里飘散出清淡雅致的香水味。她迅速整理好桌面，微笑着向每位同事打招呼。

“让你们担心了。”她说，声音甜美。林先生出现在办公室门口，手里捧着几本夏鸢最新编辑出版的书，招呼她去办公室商讨营销计划。她轻声答应下来，面颊绯红地走出办公室，随他一起消失在走廊尽头，留下目瞪口呆的其他同事。

在接下来的几个月里，从前的谣传似乎得到印证，夏鸢第三者的身份渐渐浮出水面。她不再避讳众人的眼光，开始明目张胆地与林先生暧昧，坐他的私人轿车通勤，和他共同赶赴异国出差，脖子上的新项链内侧刻着他名字的缩写，在社交网站上晒出昂贵的礼物，为了保护情人的隐私，亲昵地称他为 L。

事发后的第二个月，在公司的例行会议上，夏鸢被提名为欧洲文学中心的代理主管，负责相关的全部事宜。从此以后，外文出版实际掌控权将转移到这个毕业才两年的新人手中。她釜底抽薪、一箭三雕的计谋完美实施。牺牲掉的执照可以再考，处在风口浪尖上的林先生暂时无法给她名分也不要紧，她还年轻，她耗得起。

成为代理主管的当天，夏鸢请全部门的同事吃火锅，爱丽丝没有去，次日清晨看见办公桌上放着热咖啡，限量销售的草莓蛋糕，以及精致的手写卡片。穿着紫色连衣裙的夏鸢走到她身边，亲热地拉起她的手，抱怨她昨晚没来聚餐。

“抱歉。”爱丽丝说，拿起咖啡喝了一口，尽量不去看她的紫色裙子。

“以后德语方面的问题还要多向姐姐请教。”她的声音温柔乖巧。爱丽丝低头喝着咖啡，没有回应。电话铃在此刻响起，夏鸢走过去接电话，答应了几声便转头走向林先生的办公室。

身后传来窃窃私语的声音，义愤填膺的同事们开始交头接耳，爱丽丝默默咽下纸杯里的咖啡，浓郁的深棕色液体混合着夏鸢残留在空气中的香水味涌入鼻腔和喉咙，她忽然感到一阵莫名的恶心，翻涌的胃液和食物伴随着反呕冲进口腔，她冲出办公室，对着盥洗室的水槽呕吐起来。

“很恶心吧？”她听到背后有人这样说。

转过头，她看见同部门的女同事站在身后。

爱丽丝没有搭腔，慢慢用清水洗掉沾在脸上的呕吐物，低头走回办公室。女同事快步跟上来，希望听见她对此事的评价。“你也很讨厌夏鸢吧？”她问。

“没有，”爱丽丝说，“我只是觉得有些人不适合穿紫色。”

2

安妮，你最近如何？创作有进展吗？我刚休假结束，回到工作岗位。祝好！

爱丽丝在屏幕上敲击下这封简短的邮件，迅速按下发送键，希望能早点得到回复。她已经很久没有和安妮联系了，在这样浑浊不堪的工作氛围中，她实在渴望读到些干净纯粹的文字，就像徒步攀登珠穆朗玛峰的人走过垃圾和排泄物堆积的大本营，在海拔五千米的雪山上找寻野生的高原格桑花。

安妮的回复迟迟没有来，这有点不太寻常。虽然生活在伦敦，但是习惯夜晚写作的她昼伏夜出，与爱丽丝几乎没有时差。堆积已久的工作千头万绪，邮箱里有来自版权代理公司的近五百封邮件，爱丽丝再次栽进工作的海洋，暂时忘却了周遭的一切。

公司有大量版权到期的翻译文稿需要续约报价，不再续约的则需要在季度报告中声明，并且得到部门主管的签字盖章。如今李瑛缺席，续约的工作陷入“瓶颈”，所有欧洲文学中心的编辑都焦头烂额，恨不能有三头六臂。爱丽丝再次体会到李瑛的重要性，平日里讨厌她，关键时候却还是只有她能主持大局。

连续三日加班到午夜，爱丽丝终于收到了安妮的邮件。

爱丽丝，很抱歉让你失望了，我已经放弃写作。

我母亲再次改嫁，年初怀孕，她表示抚养三个孩子太过艰难，丈夫的薪水又总是入不敷出，所以不能再资助我念书了。我还有两年的学费没有着落，现在连生活费也必须打两份零工才能勉强凑齐。爱丽丝，我不知道该怎么办，如果拿不到大学文凭，我想我真的完了。

爱丽丝透过文字读到她的感伤，那个捧着手写稿，怯生生递给她品鉴的女孩正在经历现实生活的打磨，被一点点折损掉灵气和创造力。她反复阅读安妮写来的简短邮件，盘腿坐在书桌前，连续不断地抽烟，苦闷得如同被套上塑料袋谋杀的死者，在突如其来的窒息中慢慢丧失掉意志。一个以写作为生的人，情感表达和内心慰藉都仰赖于文字，被剥夺掉创作的权利就等同于被抽掉灵魂，她今后要如何生活下去呢?

凌晨一点，她在浅睡中醒来，发现自己正趴在书桌前，彻底熄灭的香烟散发出令人乏力的冷淡气息，天磊的音频依旧在循环播放，明亮的紫色袅袅盘旋。爱丽丝想起夏鸢的那条裙子，那条她穿在身上耀武扬威的紫色连衣裙，她的香水味穿透时空的阻隔扑面而来，同事们的细碎低语叠加成乌黑的颜色，空气中回荡着令人绝望的窒息感。爱丽丝冲进浴室，在洗手池里接了满满一池的冷水，把整张脸浸泡进去。

一刻钟后她回到书桌前，在键盘上敲击下给安妮的回信。

我知道伦敦市政府有专门提供给优秀作家的奖学金，你以留学生的身份申请，或许有成功的机会。我会帮你联络国内的知名作家，请他们帮你写推荐信。廉价的体力工作不要再接了，专心念书和写作。把银行账号和证件信息发给我，我明天去给你汇 5000 英镑，供你应急。

按下发送键的瞬间她有所犹豫，停下来反复通读邮件的内容，希望确保自己的言辞中不带有任何同情和怜悯的色彩。五分钟之后，她点击发送邮件。在多次确认信息发送成功后依旧感到惴惴不安，于是她重新打开书信框，补充了一句简短的话：

世界总有黑暗盘踞，写作或许是唯一伸手可及的希望，请务必坚持下去，为了我，也为了所有无法像你一样表达内心的人。

3

李瑛再次回到公司是四个月之后的事情了，体制内的人即便被诊断为身体不佳也不会轻易被开除，因此她依旧是公司的正式员工，只是权限早已被架空，徒有虚衔和微薄的底薪。但不管怎么说，这场风波终于过去，校对部门有人挺身而出，力证曾亲眼见过删改之后的印刷文件，案件自此出现了转机。

被扣押两个月后，一份印厂留底的文件被翻出来，进一步佐证了李瑛无罪的事实。自此，所有人都知道事情究竟是怎么回事了。

夏鸢始终不肯承认自己意图嫁祸，哭闹着要求起诉校对部门做伪证的人，收效甚微，随后她孤注一掷，用小刀划伤了手腕，坐在楼顶的露台上大声哭诉。公司高层担心她做出极端行为，只好按下此事不提，李瑛顶着失职的罪名回归。

深秋时分的白色建筑散发着宁谧沉静的气息，经历了巨大风波之后的众人陆续回到自己的岗位，夏鸢被调离编辑部门，分配到林先生的手下，爱丽丝再也没有见过她穿那条耀眼的紫色连衣裙。安妮申请资助的资料已经备齐，帮她拿到强有力的推荐信成了当务之急，爱丽丝尚未找到合适的人选。拖延了近半个月，爱丽丝终于下定决心去找李瑛求助，她的人脉网络遍布全国，即便是虎落平阳也比其他人强许多。

上午十点半，爱丽丝心怀忐忑地走进那间熟悉的办公室，墙上悬挂的个人奖章和与知名人士的合影被悉数撤下，只剩下丑陋笨重的壁挂式钟表，在凹凸不平的墙壁中央嘀嗒作响。进门的瞬间，爱丽丝终于意识到，属于李瑛的光华岁月已戛然而止，她苦心经营的一切被全部砸碎，再无重塑的可能。

李瑛清瘦了许多，她坐在异常整洁的办公桌前，妆容有些脱落，肩上披着的绿色外套是两年前的款式，披散的长发依旧乌黑，头顶处却泛着大片的灰白。爱丽丝看到神色憔悴的她，想起昔日里她神气活现的样子，忽然有些于心不忍。

“我是来请您帮忙的。”爱丽丝尽量让声音显得平静。

李瑛没有搭腔，用诧异的眼光看着她。

“我上次去参加伦敦书展的时候，遇见了很有潜力的中国作家，”爱丽丝继续说道，“她正在创作的小说《七日》我读过前几个章节，非常喜欢。她面临很大的经济压力，不得不在伦敦打零工支付学费，我希望帮她申请到奖学金，让她安心写作。”

“你需要我怎么做？”李瑛似乎有些感冒，声音里有浓重的鼻音。

“我想请您帮我联络到知名作家，写三封强有力的推荐信。”爱丽丝说。

李瑛露出讽刺的微笑，前额靠在左手的掌心上，声音凝滞：“我倒是很好奇，是什么样的天才作家能让你开口求我？你不是一向心高气傲的吗？”她的反问带着攻击性，爱丽丝意识到想拿到推荐信没这么简单，她深吸一口气，尽可能快地组织语言。

“她不是天才作家，”爱丽丝说，“但她的文字里有少见的真诚。我们在这个行业里厮混，不断追逐更高、更耀眼的奖项和头衔，追求复杂的叙事技巧和剧情结构，有多少人还会在意作品本身所携带的诚意？写一部好的长篇小说如同抵命，她很勇敢。”

“就凭勇敢和真诚？你可知道我现在的处境？我落难的时候你可没少笑话我吧？”李瑛的攻击性转为防卫，声音开始轻微颤抖，仿佛下一秒就要爆发。

“我从未嘲笑过你，”爱丽丝说，“你知道我是高傲自负的人。”

李瑛愤怒的神色稍稍有几分缓解，脸色却越发苍白。“我现在已经无能为力了，爱丽丝。从前对我笑脸相迎的人早就不再理睬我，人心就是如此，你应该清楚。”

她说的是实话，爱丽丝知道多说无益。她把事先打印好的《七日》章节放在李瑛的办公桌上，请求她无论如何要看一眼，然后起身离开。关门的瞬间，身后传来瓷器碎裂的声音，爱丽丝起初以为是李瑛因为愤怒难忍砸碎了手里的杯子，转头看时才发现她瘫坐在地上，已经进入半休克状态。

慌乱中爱丽丝连忙冲上去检查李瑛的状况，发现她的脸部已开始微微发紫，局部肿胀，手臂裸露的皮肤上泛起红色斑点，立刻意识到情况不妙。她起初担心李瑛是因为心情抑郁服毒自杀，但她的桌面上只有一盒刚刚拆封、只服用了两颗的抗生素胶囊，没有其他任何药剂。或许是药物过敏，爱丽丝用手机拨通了急救电话。

十五分钟后，李瑛被迅速抬进救护车，林先生迟迟没有来，爱丽丝只好陪同着前往医院。她从未目睹一场如此节奏紧迫、气氛凝滞的抢救，即便是回闪时候的自己，也不曾像李瑛这样危在旦夕。紧急洗胃和输液是挽救她的唯一方法，签字、付款、通知家属，爱丽丝做了所有能做的事情，抱膝坐在急救室外的长椅上等待结果。

一个半小时过后，李瑛脱离危险，被推入普通病房。林先生的电话始终占线，市场销售部门的人打电话来告诉爱丽丝，林先生要去北京开会，早晨的火车，夏鸢随行。无名怒气冲上心头，自与天磊相恋以来，她的情绪已经大幅趋于平缓，如今却像沉寂千年的火山再度喷发。

“让他去死。”爱丽丝对着电话冷冷说道。

人心的残忍原来真的可以毫无底线，她再次见证了这一点。

病房里的李瑛还在昏睡，爱丽丝不敢走开，掏出钱拜托旁边病床的家属帮忙买来水和流质食物。寂静无声的房间带着窒息般的沉重感，输液滴落的声音仿佛能穿过透明管抵达鼓膜，窗外银杏树的叶片就快落尽，剩下的几抹金色在北风中摇摇欲坠，咔嚓一声，耳边传来筋骨折断的声音，萧条的街道上又多了一片落叶。

李瑛醒来时已是夜晚，旁边的病患已经出院，房间里空荡荡的。

“你觉得如何了？”爱丽丝问她，透过她疲惫震惊的眼神证实了内心的疑惑。李瑛不是想自杀，只不过是因为药物过敏意外昏厥而已。

“你通知他了吗？”这是她开口问的第一句话，爱丽丝知道她指的是林先生。

“联络不上他。”爱丽丝说。李瑛的眼神暗淡下去，模样憔悴得让人伤心。

沉默随之而来，最后还是李瑛率先开口。

“你帮我垫付了多少钱？我转账给你。我讨厌亏欠别人的感觉。”

还是这样咄咄逼人的口吻。爱丽丝松了口气，如果李瑛对她感激涕零，她反倒不知如何是好了，或许她们都不善于接受他人的善意。

“用我垫付的钱换三封推荐信，可以吗？”爱丽丝说，眼看着李瑛眼里的锋芒一点点熄灭。

“你怎么这么倔？”她忍不住喃喃低语，“这个作家真的有这么好吗？”

“如果不够我可以加价，我一定要帮她。”

“成交。”李瑛说。

她们之间带着某种成年人约定俗成的隐忍和克制，没有过多的感谢和寒暄，生硬得像冷战中会面的国家元首。没有月亮的夜晚昏暗冷寂，输液终于完成，爱丽丝起身去找护士拔掉针管，李瑛斜倚在枕头上默不作声。

“你想吃什么？”爱丽丝问她，她也不回答。

“我外婆去世的时候，有人熬了米粥给我，我还没咽下第一口就全部吐了出来。我希望你能比我强。”爱丽丝说着把热好的粥搁在床头柜上，“既然没死，就好好活着吧。”

或许是错觉，李瑛的眼里似乎闪过一丝笑意。

“有时候死了并不比活着糟糕，你看看我的处境就知道了。如果我死了，我丈夫好歹会迫于情面回来为我操持葬礼，而不是像现在这样逍遥度日。”

“你如果觉得死了更好，现在就可以去死。我从来不阻止别人自杀。”

“你倒是会安慰人。”李瑛终于忍不住笑了出来。

“想死的感觉，我恐怕比你更清楚。”爱丽丝把勺子丢进碗里，正面迎上李瑛的目光，“我曾数度决意自杀，付诸行动的也有两次，均因机缘巧合被打断。”

李瑛似乎有些震惊，她微微侧过身，目光落在爱丽丝的身上。

“你为什么要这样呢？你年轻聪慧，有光辉的前程。”

“那你又为何觉得死了更好？”爱丽丝反问，“你什么都有了。”

李瑛双唇微启，似要说些什么，爱丽丝打断了她。

“你不必同我讲述你的苦楚，因为我可能无法感同身受，而这会给你带来更大的伤害。说到底，我们对他人的痛苦永远是缺乏想象力的。”

李瑛露出苦笑，神情哀戚得如同极夜霜雪。爱丽丝突然明白过来，李瑛从未期待过旁人的感同身受，却依旧渴望有倾诉的契机。就像经历过战火硝烟的幸存者，对着镜子抚摩伤痕，并非企图痊愈，只是在默默舔舐伤口，梳理被疼痛扰乱的心绪。

“爱丽丝，你有孩子吗？”她忽然问她。

“没有，曾经怀孕并且流产过，我想我永远不会有孩子了。”

李瑛拍了拍爱丽丝的手背，目光中流露出前所未有的温和。“别难过，没有孩子或许是好事。我很年轻时就生下儿子，曾经全职在家三年养育孩子，经济和精神不独立差点把我逼疯，后来我重新开始工作，发誓再也不要失去经济来源。”

“我不难过。做父母是需要资质的，我不具备那种与人相爱的能量。”

李瑛再次露出诧异的神色。“你究竟藏着多少秘密？我以前竟从不知道你内心有这样多的创伤，你似乎从来不与人交流。难道你没有倾诉的需求吗？”

“没有。”

李瑛摇摇头，露出无奈的笑容。

“爱丽丝，我是个非常要强的人，我知道你们私下很讨厌我的脾气和控制欲，但这的确是我唯一能够获得安全感的方式。今天你走进办公室的时候我就意识到，自己可能是药物过敏了，但是我没有向你求救，那个瞬间的我失去了求生的意志。”

“事业可以重来，你为什么这样沮丧？”爱丽丝问她。

“不仅仅是事业，我生活的所有部分都如同乱麻。丈夫不断寻找年轻的情人，我独自负担全家的开支，送儿子去昂贵的私立学校，提前准备送他出国念书的储蓄金，为父母更换养老的新居，在他们隔三岔五需要去医院时彻夜看护，体力早就透支殆尽。就在我以为生活即将好转的时候，儿子因为车祸住院，很可能终生无法行走。”

爱丽丝处在震惊之中，迟迟没有说话。她在李瑛手下三年，只知道她是趾高气扬的主管，穿名牌衣服和鞋子，昂贵的首饰衬托出她的雍容华贵，对下属颐指气使时的模样让人作呕，却从不知她的真实生活如此破败不堪。同情、感慨和愧疚的情绪交杂在一起，五味杂陈，爱丽丝觉得思绪混乱。

李瑛的眼角渗出泪水，声音却依旧镇定，似乎是在和自尊心做斗争，不愿在人前情绪崩溃。“我真的觉得很累。儿子受伤以后，我真的再也看不到希望了。我日日见到他痛苦的模样，心如刀割，却不得不打起精神来工作。康复性治疗需要大量的资金投入，先前给父母存下的养老金不能动。我何尝不知道，我手下的人表面恭敬，背后只说我活该，幸灾乐祸，可是我没时间伤心。”

爱丽丝安静地听着，没有试图劝慰她，只是起身给她倒了一杯热水，然后把随身携带的那个蜜桃味花果茶包放了进去。浅红氤氲而出，带着不易察觉的香，把透明液体晕染成日落时刻云霞的颜色。她开车去河边的那天，天空也是这样的红色。

“喝点茶吧，”她说，“这牌子还是我前年夏天在斯里兰卡度假时发现的。”

李瑛接过茶杯捧在手里，也不着急喝，像是贪恋这掌心的温度。

“我在那次旅途中怀孕，本以为会就此安定下来，却依旧躲不过情绪的利剑。我不知道自己哪里出了问题，但是我知道，失去孩子是我的责任。我无法原谅自己。”

“所以你才希望结束生命？”李瑛的声音里的蓝因关切而透出一层薄薄的粉色。

“我从不畏惧死亡，只是每次觉得走到生命尽头的时候，总会被那仅存的一点光亮宽慰，仿佛是迷失在森林夜色中的旅人，忽然在天空的角落发现了一颗星星。我花了很长时间才弄明白，原来拯救我们的不是来自外部世界的温暖，而是我们自己想要被救赎的心。”

爱丽丝一口气说完这些，抬起头时却发现李瑛早已泪流满面。

“喝茶吧。”她边说边努力控制住内心翻腾的情绪。

李瑛擦掉眼泪，捧起茶杯咕嘟咕嘟全部饮尽，如同举行神秘宗教仪式前仰头喝下未知液体的信徒。两人心中都明白，从那一刻起，她们之间剑拔弩张的关系结束了。

第十三章
对峙

与天磊相恋的初期风平浪静，但时间久了，意识形态的差异慢慢浮现，随之而来的便是可以预见的争执和矛盾。爱丽丝从未高估自己与人相处的能力，也早早就做好了心理准备，但是与天磊的战争依旧伴随着无穷尽的疼痛感。他不相信她的联觉。

他不相信联觉的存在，再多的学术报告和科普文献也无法说服他，即便她反复解释也是徒劳。温和的秋天过去后，她终于意识到一个残酷的现实：或许他永远无法理解自己携带多年的特殊能力。这是多么遗憾和危险，她感到怅然若失。

即便如此，他始终没有对她所描述的紫色声音提出质疑，似乎是将她视为例外。爱丽丝漫游在不安的边缘，始终没有和他正式讨论这个话题，她可以预感到这将是一场风暴。然而她的内心始终存在某种诉求，希望能以真实的形态被解读和认可。

冬天来临的时候，她终于主动谈及这个话题。

“你既然不相信联觉，又为何相信我能看见声音的颜色？”她鼓起勇气问他。

“因为那样会让你开心。”

“这么说你始终觉得我在说谎？”她的眼神里透出震惊。

“我们都需要一些特殊的方式来建立联结关系，你选择了声音的颜色，这也无可厚非，毕竟我们都希望自己与众不同。”他的语气放松坦荡，仿佛提及的只是日常闲聊的话题。

怒不可遏的感觉席卷她的心灵，即便是做了再多的心理准备也无济于事，她在那一瞬间被激怒。他就这样轻而易举地否决了他们之间最深刻玄妙的维系，把她如此珍视的情感贬低得如同骗局，他认定“紫色声音”是她为了接近他而编造出的谎言，他折辱了她的人格。

“你当我是骗子吗？”她冷冷地说。

“我不是这个意思。”他意识到自己说错了话，试图挽回却已经迟了。她的眼神里闪烁着愤怒和难以置信，她这样沉默地看着他，仿佛正开启一场无声的战争。

“对不起，我只是不能想象，有人能看见声音的颜色。”

“你觉得我始终在欺骗你？”

“没有，我曾经考虑过这个问题，觉得或许是你想象出的某种颜色，恰好套用在了你喜欢的声音上。你认为你能看到颜色，其实只是身体内部的化学反应，一种臆想。”

她的双眼再次因震惊而瞪得滚圆，眼里却没有往日的光辉。

沉默许久，她慢慢站起来，穿上外套准备离开。没有辩驳和解释，她的神情隐忍坚定，仿佛是被砍了一刀却依旧闷声不响的人。心中的玻璃沙漏被砸碎，细细的渣子散落一地，刺伤她的心房，美丽的彩色沙砾被风吹散，只剩下满地的荒唐。

“你生气了吗？对不起，我真的不是说你在欺骗我。”

她不作声，默默弯腰穿上鞋子。

“原来这么久以来，你都当我是精神病人，需要照顾和同情？”她苦笑着说，眼里的泪水变得越来越沉重，“原来你的爱源自怜悯，你用我去满足你英雄主义的理想需求？”

他愣在原地，不知该如何去安慰和解释，只能眼看着她转身离去。

寒冷寂寥的冬日夜晚，她潦草地套上大衣冲进墨蓝色夜幕，没有围巾包裹的领口灌进冷风，身体的热度在飞奔中迅速散失。没带钥匙和钱夹，无处可去的她仰面躺在公园长椅上，默默流泪。始终知道他的爱混合着怜悯和英雄主义的理想，她以为自己有所防备，却还是被他脱口而出的话刺伤肺腑。

他终于追出来了，未来得及穿上外套，手里却拿着她的围巾和帽子。“我到处都找不到你，外面这么冷，我带你回家去。”她不作声，泪痕凝结在两颊上，双眼干涩。

“爱丽丝，你要我怎么做才好？”

“我不会跟你回去，你也不要再来引诱我。”

她从令人迷醉的爱情中清醒过来，重新意识到他们的世界轨迹截然不同，相爱无非是与绝望生活的一场对抗。他热爱热闹的俗世生活，他所需要的始终是可以为他生儿育女、操持家务的女子，而她不过是生长在高原丛林里的野生格桑花，满足了他对纯粹、澄澈、清朗之爱的渴求，却无法被长期饲养，生命周期很短，没有任何实际用途。

时间久了，他会发现她的暴躁和偏执。

“我没有想到一句半真半假的玩笑话能让你这样在意。爱丽丝，你真的是敏感又脆弱，我不知道该拿你怎么办！可是我要你回去，我们坐下来谈，我会向你道歉。”

“联觉是我最大的秘密，而你声音的颜色更是秘密的核心所在。你否决了它的真实性，就等于否决了我与你最深层、最密不可分的维系。”她的声音带着哭腔，神情却充满倔强，“你否定了我来到你身边的资格，你不相信我。”

“我从未听说过这样的能力，有所怀疑很正常，但这不表示我付出的感情是假的。爱丽丝，我有自己的生活，公司的事情千头万绪，又有一对儿女需要供养，我早已疲惫不堪，却还坚持留在你身边，因为我喜欢你，并且自认为对你负有责任。我自问没有什么愧对于你的地方。”他的声音冷下来，夹着霜雪。

“我不需要你的同情，我不是她。”

“我知道你不是。”

无边无际的沉默。他放下手中的帽子和围巾起身，最后一次伸出手来等她回应。她没有动弹，甚至连看都没看他一眼。片刻之后，他收手离开，把她独自留在黑夜里。

孤独感卷土重来，她始终是最害怕被遗弃的人，却从来不会低下头来祈求怜悯，对爱情的力度有极端的偏执，一旦注意到对方力劲松懈就难以释怀。惊惧和彷徨，她曾无所不用其极试图得到对方的注意力，此刻却觉得疲累了。

天亮以后，她拖着疲惫的步伐回到公寓，天磊已经离去，没留下只言片语。她默默收拾好散乱的餐具，拿出手机删掉他的号码和全部信息。逃离，这是她一贯以来的做法。

少女时期的女伴向她描述药物带来的触感，仿佛所有感情都被无限放大，上一秒还是孤寂绝望到肝肠寸断，下一刻就感受到狂喜，疯狂大笑。她不以为意，无视那欲盖弥彰的诱惑。她不需要药物也可以做到这样。

她不需要仰仗药物的刺激就能抵达情感巅峰，她的内心世界本就是波澜壮阔的海洋，森林深处最细碎的树叶响声也能唤醒她的感官，以至于周遭的人都嘲笑她小题大做、敏感脆弱。在联觉被否定的瞬间，她感知到爱情钟摆的断裂，清脆的咔嚓声让人心碎。

原来你也不过如此，天磊，我还以为我们能走得更远。她苦笑着流泪，忽然意识到自己如此迷恋他，明知毫无未来却依旧恋恋不舍。空荡荡的屋子里不再有他的身影，紧绷着的幸福细线骤然绷断，高悬的梦与希望从高处落下，砸碎在礁石遍布的盐碱滩上，仿佛秋日里成熟的鲜黄色果实，被无法承载重量的枝干遗弃，重重摔烂在地里，饱满浓郁的汁液洒得到处都是。

她坐在写字台前打发时间，用小刀削尖一支铅笔，在纸张粗粝的背面写下他们之间的往事。回忆之路蜿蜒漫长，他们几经辗转来到彼此身旁，生命的轨迹相互缠绕，又迅速恢复到不同的时空维度里。

三十年前，她是刚降生不久的襁褓婴孩，被外祖母抱在怀里反复逗弄，而他已在黄沙漫天的西北荒原追逐马儿和羊群，在父亲的敞篷卡车里学会了识别星辰。

二十五年前，他跟随父母搬回梦寐以求的南方都市，初次接触到日后襄助他功成名就的动漫和配音事业，而她还是不谙世事的孩童，在故乡沙滩上寻找贝壳。

十五年前，开始崭露头角的他遇见了自己的妻子，成家立业，而她因为不伦之恋被迫搬迁，稚嫩的身体和意志饱受摧残，几乎彻底垮掉。

十年前，他创建了独立工作室，在业界争取到一席之地，被冠上“普罗米修斯”的美誉，而她在海德堡求学，为支付高昂的生活费四处奔走，同时做两份兼职。

三年前，他已经是两个孩子的父亲，而她失去了腹中的孩子。

去年今日，她将自己反锁在车内，灌下许多酒，意图结束生命，而他忽然降临在她的世界。“不要死。”他说。

生命的轨迹纵横交错，分分合合，相爱不过是注定上演的戏码。

她从偏远的南方海岛走来，裸露的脚掌带着荆棘刺出的细细伤口，沿途脚印里隐藏着不为人知的耻辱的过往。她曾有过少女的绰约身姿，也曾经受过暴力摧残，她带着前世早已暗中排列好的命运密码走到人群中，走到他的生命里来。

他无法抗拒她所携带的原始气息，仿佛是在人群里辨认出她的代号，那个早已被选定的生命个体。目光相触的瞬间，他们透过彼此，寻找到通向全新世界的道路。爱情本就是通向各自灵魂深渊的捷径，离别则是对自身世界的坚守和执念。

天磊没有真的离开。他在疾风骤雨的夜里忽然出现，带着舟车劳顿的疲惫神色，手里却还提着买给她的食物。“我刚坐火车来的，不知道你这头在下雨。”

初见的惊喜转瞬即逝，她带着严防死守的高傲和戒备，将他拦在门口。“我本以为我们会一直做伴，我没想到你会这么快离开。”她说。

“我从没想过要离开，删掉联系方式的人不是我。”他说到这里停顿了片刻，“但是把你独自留在公园里是我的错，我必须向你道歉。爱丽丝，我们的相逢如此匆忙短暂，你要给我时间和机会去熟悉你。”

他的衣角还在滴水，手里的塑料袋窸窸窣窣，他被冻得有些发抖的身体发出细碎的声音。他笔直地站在门外，丝毫没有要再次离去的意思。

她于心不忍，示意他进屋。他换下湿透的鞋袜，把外套挂在暖炉旁边烘干。她转身去找姜茶，却被他突如其来地紧紧抱住。“我从没见过像你这么难缠的人。”

“那你还喜欢我吗？”她脱口而出的瞬间就后悔了。

“喜欢。”他的回答没有拖泥带水的犹豫，“离开你的每天都格外漫长，但是我知道，我需要时间取得你的信任和依赖。爱丽丝，我以后再也不会在争执中转身离开，也不会质疑或者忽略你的感受，请你相信我。”

分别没有想象中的那么容易，他们的世界在每一次的短暂相逢中彼此联结。

周而复始的哭泣、争吵和冷战，随后再和好，十指相扣地去看云，开着租来的吉普车去海边烧烤，喝他出差时带回来的日本清酒。她宽松的灯笼裤里灌满了海风，清瘦的锁骨透露了呼吸的节奏，她低着头，把架子上的肉串烤得焦黑咸辣，脸颊和脖子的皮肤因酒精而变得绯红。他嘲笑她不胜酒力，她咯咯地笑着，害羞地用手挡住眼睛。

他陪着她将少年时候痴迷的动漫电影重看了一次，和她讲述每一位漫画家的生平往事、画风阶段，在她认真记录笔记时忽然抽走她手里的本子，和她做爱。在这无法被定义的关系里，他们像两株缠绕生长的暗夜花朵，被彼此的芒刺割破茎秆，喷涌而出的透明汁液里裹挟着不眠不休的苦涩爱欲，辛辣而芬芳。

她没有告诉他，他们的缘分和维系早在相遇之前就已明了。昏沉寂静的夜色如匍匐猛兽，她沉溺在梦中，受到他声音的指引，数度穿梭过缭乱时空，定格聚焦在心灵深处的某个记忆片段。她躺在记忆的宫殿，依靠梦境回溯过往，在往事的洪流里漂浮、流浪。他像是手法娴熟的外科医生，精准切割开她充满防卫的外壳，在伤痕累累的皮肤表层底下来回摸索，用金属镊子夹取她最深层、最隐晦、最无法启齿的病灶。

他这样猝不及防地撞开通往她内部世界的大门，毫不留情地直视她赤裸的肉身，轻而易举地摧垮了她的意志。他的力量如此强劲迅猛，如同突然袭击海面的热带飓风，她被这景象震惊，束手无策，眼睁睁看着所有防备被摧毁，破碎的世界里充满他的气息。很久以后，她终于意识到，他的声音，从播放的那一刻起，就已抵达她心灵的彼岸。他有能力拯救她，也有能力毁灭她。

她反复无常的脾性没有改变，时而想放他回归自己的世界，时而又对他充满占有欲，希望完完全全地拥有他，证明自身在爱情中的价值。发怒时仍然会怒吼，却不再像从前那样摔东西或是自残，往事到底还是教会了她基本的分寸。无数次争执与复合，他的身体呈现疲态，声音的紫色有时变得浑浊，但他依旧遵守承诺，从未再说起要放弃她或是离开她。

在录音棚里忙碌到深夜，指导完两个作品的录制，他连夜坐火车赶到她的住处，疲惫不堪地躺在沙发上，伸出的手指轻轻拂过她的脸颊和嘴唇，随后陷入深沉的梦境。前妻的电话从他们居住的城市遥遥追来，他忽然惊醒，按掉来电，以简讯的方式简短回复，抬头对她露出抱歉的微笑。

“来我身边坐一会儿。”他说，“我不能待很久，孩子们还等着我回去。”

“你梦见过我吗？”她把头埋在他的胸口。

“常常梦到，梦里你总是很温和，不像醒着的时候这样警觉乖戾。”他伸手刮了一下她的鼻梁，反复亲吻她的前额，“你穿着米白色吊带裙站在团簇相拥的绿色植物旁，露出细瘦的胳膊和蝴蝶骨，嘴唇涂得红红的，脸颊比现实中更圆润一些。”

她的脑袋在他胸前来回摩挲，睫毛触碰到他的皮肤，他感觉到身体一阵潮热。

“那你梦见过我吗？”他试图转移注意力。

“在回闪中梦见过。”她说，没有打算解释回闪的定义。

他的声音赋予她穿梭记忆时空的魔力，这种力量日益强劲，随着他们感情的加深不断累积。从前她只能潜入自己的回忆，但自梦见母亲的那一次起，她意识到自己有了进入旁人记忆的能力。不是毫无关系的陌生人，必须是与她有强烈维系的人，而且似乎必须是活人（她从未进入过外祖母的记忆世界）。

他的朗诵成为日常，她用心挑选出喜爱的诗歌和小说，或是一些简短的科普文章发送给他，他在工作间隙录好，将音频发给她。失眠的夜里，这些声音无数次带她走进陌生的宫殿，荆棘丛生的迷宫，每个人的隐秘回忆都是暗流涌动的潘多拉魔盒。

她最常潜入的是他的世界。陌生的街巷，她在千禧年初临的那段时光里，看见那个身形清瘦的明朗少年。他骑着脚踏车穿过校园，车篮里放着买给伍钥的风车和五六本漫画书，永远上扬的嘴角带着与生俱来的愉悦。秋日微风拂过衬衫一角，他像只简洁清秀的白色风筝，驰骋在最好的年华里。

伍钥在宿舍楼下等他，藏蓝色长筒袜和白球鞋，见到他的瞬间欢腾得如同春日云雀。爱丽丝看不清她的五官轮廓，却能看见她饱满鲜艳的蓝粉色声音，在午后温暖的阳光下静静流淌。她把风车握在手里，伸手揽住他的腰，放任他带自己飞驰而去，留在身后的是带着羡慕目光的众人。短暂的欢愉，在他永恒的记忆里变得持久昌盛。

“回闪是什么？”他的声音有些暗淡。

她抬起头，在他柔软的唇上落下轻柔的吻。“以后再聊吧，现在我要你休息。”

他听话地闭上眼睛，把头枕在她的腿上，蜷缩着的身体很快松弛下来。她没有动弹，节制地控制着呼吸的幅度，用手指轻轻撩拨他耳根和面颊上的胡楂，动作缓慢温存。

她所说的以后永远不会到来，她永远无法向他解释自己在梦里见到的幻想。他是连联觉都难以相信的人，又如何会相信她能潜入记忆，洞悉他往昔的岁月呢？许多次的分分合合之后，爱丽斯终于醒悟，何必计较他的声音究竟藏着什么秘密，又何须在意眼前的人是否相信催眠和联觉。说到底，她所能够期待和他可以给予的，不过只是爱情而已。

两人的呼吸已同步，如同曼妙的小提琴二重奏，在寂静的夜幕下起起落落。

她闭上眼，暗自思索那些简短而清晰的回闪片段。

伍钥的眼泪流得不比她少，那个面容姣好的年轻少女用刀片割开手臂和掌心的皮肤，在脚腕处留下他姓名的刺青，她哭喊着对他发脾气，得到的却只有他的逃避和冷漠。那时的他的确太过年轻，面对情绪崩溃的女友手足无措，只能再三退避。

爱丽丝默默看着他们的往事，看着他们周而复始地谩骂、扭打、爱抚和交媾，在无数争执和复合中互相折磨，试图猜测出伍钥独处时候的模样，想知道她是否也像自己那样，会躺在冰凉的地板上默默流泪。她当然无法看到这样的画面，她所参与的必须是属于天磊的记忆。

和好如初的时候，他们相约在画室里作画，她的笔法纯熟、思绪飞扬，构图比他优秀许多，效率也比他高，以至于他总是露出不屑一顾的表情，那种爱丽丝在如今的天磊脸上从未见过的神情。窗外的风拂面而来，她被耳根垂落的碎发弄得很痒，索性拿起他的剃须刀，将那个区域的头发全部剃掉，干脆利落，惊得他目瞪口呆。

早早完成画作的她并不催促他，抱膝坐在窗台上抽烟，将烟灰掸在废弃硬纸板做的烟灰缸里，把喝剩的饮料洒在纸面上将火星浇灭。那若有所思、逆光而坐的背影，在他稚气未脱的双眼里留下永恒的印记，他默默低头继续绘画，额前渗出汗珠，握笔的手轻轻颤抖。

独自观望的爱丽丝忽然明白了关于他们分离的命定，那是两个拥有完全不同形式的生命，他们萍水相逢，短暂地相爱，却从来不是彼此的对手。她没有见到天磊所描述的不告而别，只是察觉到，不知从何时起，伍钥不再出现在他的记忆海洋中。

“或许有天你会结婚生子，安逸地生活。”天磊常这样说。

“你也对婚姻抱有执念吗？”爱丽丝靠在他的腿上，仰头将问题抛还给他。

“这是我们必须要解决的问题，但不是生活的全部。”

“人类社会对繁衍的需求促使我们追逐婚姻，不断繁衍出拥有相似基因的后代，合群成为繁荣生活的基础保障。可是天磊，总有些生命个体是无法适应这种生存模式的，他们格格不入、离群索居，对家族兴盛没有渴求，只想要独自生活。”她神情肃穆地说出这番话，几乎是不假思索。

“我在父母不休的争执中长大，没有见过和睦的婚姻，所以每当读到小说中坚不可摧的亲情关系，或是在电影里看到一家人其乐融融的情景时，总觉得这与自己无法形成共鸣。我对婚姻有天然的抵触，却又时时刻刻在追逐爱情，害怕被遗弃，用反反复复的自虐和哭泣来吸引伴侣的注意力，容不得他们有片刻的松弛。我是这样矛盾百出的人，始终在寻找用以填补内心黑洞的发光物质，身体和意志相互对峙，不断损耗着有限的生命力。”她又说。

诸如此类的对话绵延不绝，在他们相处的时光里时有显现。她发现他并非不擅思考，但他对事物的观察往往停留在表层，而深藏在核心部分的真相则时常被他忽视。喜爱动漫和超级英雄电影，热衷于谈论时事热点和世界格局，具备几乎所有普世读者都拥有的特质，这让爱丽丝觉得无所适从。

她是能把一本书读到书脊断裂为止的人，她的寡淡和疏离阻断了她与外部世界的大部分联系，她不关注旁人所处的境遇，即便是在出租车上听见新闻频道的节目，也必定会要求司机调低音量。漫长孤寂的成长路途教会她与自己相处，此时此刻她却不知道这究竟是馈赠还是惩罚。她无法走进他的世界，无法在绚烂甜腻如腐烂果实的世俗泥土里感受到愉悦，试图带他私奔到与世隔绝的孤独岛屿，却屡遭挫败，进退两难。

他终究是属于大千世界的绚烂烟花。

第十四章
午夜裙摆

与天磊相处的第三个年头，两人渐渐发展出默契而专注的相伴模式，谨慎回避彼此的禁忌，不去触碰敏感的话题。规律性地见面，虽然只去城市周边的公园漫步片刻就要分离，他们依旧能从对方的灵魂中摄取能量。气味、声音、神态、掌心的温度、唇齿间弥漫的甜腻滋味，每个细节都被称为相认的印记，他们紧紧跟随彼此的步调，生怕在人潮涌动的世界中走散。

争执和矛盾正在迅速减少，他们没有明天似的相爱，竭尽全力地渗透到彼此的生命中，不舍得浪费片刻的光阴。崭新的春日，街道两边开满粉色玉兰花，像极了他们初次并肩漫步时看见的曼妙长廊。她戴着宽檐的黑色渔夫帽随他去散步，浓密的长发绑成麻花辫垂落在后背，他牵着她的左手，十指相扣。

又是一个盛夏，她收到陌生人写来的信。精致的粉色丝光信封，粘口处镶嵌着盛放的玫瑰图案。小心翼翼地拆开封口，她尝试着在不撕碎玫瑰的同时取出信纸。光辉闪耀的午后，三十四摄氏度的阳光笼罩大地，她闻到发梢上弥漫着的香水味，鸢尾和铃兰，将纸张的气味烘托得越发干燥洁净。答案揭晓的瞬间，天地融化成一抹猩红。

信封里装的不是信纸，而是一张小小的相片。头戴黑色圆礼帽的女人捧着滴血的电锯，饶有兴味地欣赏眼前的赤裸尸体，颈上的珍珠项链光滑灿烂，半点血色也没沾染。一望无垠的红蔓延到远处，女人的红唇与伤口是同一种颜色。尸体的腹部被歪歪扭扭地割开，肚肠和脏器沿着切口滑脱到体外，爱丽丝忽然想起那个流产的孩子。也是这样浓郁的腥味，高高架起的双腿之间流淌出暗红色的血浆。

目光触碰到相片的瞬间，她明白了自身的处境。

“你在看什么？”身后传来天磊的声音，紫色混合着暗红，显得沉郁而滞重。

“爱丽丝？”天磊反复唤她的名字。她把信藏进外套的口袋。

分别数月有余，他的声音里闪烁着愉悦的光泽。并肩走在炽热的夏日艳阳下，青草被炙烤得略微发黄，苦涩辛辣的汁液缓缓蒸腾。她听到某种刺耳的噪声从灵魂深处传来，起初只是细微的嗡嗡声，随后渐渐化作刺耳的金属杂音。她无法思考。

“你怎么了？”他的紫色将她拉回现实世界，她这才意识到自己已是满头大汗。

“我收到一封恐吓信，应该是你妻子寄来的。”简短的句子说起来却这么费劲。

一声闷雷从他的眼中轰鸣而过，她的猜测得到了证实。

“我一直以为你已无婚姻的挂碍。天磊，你实在不该瞒我。”

他没有接话，两人沉浸在各自的心事里，默默走了一段路。

“抱歉。”他终于还是率先开口了。

“当初我说离婚并非完全骗你，而是真的相信自己能处理好这件事。我们分居多年，她却始终不愿签字。许多事情我无法选择，我全部的事业都建立在名声之上，工作室超过半数的资源掌握在她手里，如果玉石俱焚，我将一无所有。”

她不作声。他便继续往下说。

“爱丽丝，我与她相识十几年，生育过儿女，将她彻底从生活里剔除并非易事，你要理解。我不知该如何与孩子们解释父母的分离，生怕会令他们失望。”

“这不是你欺瞒我的理由。既然你无法离开她，我会离开你。”

“我不同意。”他忽然抬高了声音，停下脚步，双手紧紧按在她的肩膀上，“我知道这很难，但是请再多给我一些时间。从前我总觉得你很需要我，觉得自己对你负有责任，你离开以后我才明白，其实是我更需要你。”

他掌心的温度顺着肩膀一路蔓延到指尖，连带着他的不安和颤抖，顷刻间点燃了彼此的忧郁。回忆喷涌而出，初次见面的景象犹在眼前，他的旧毛衣在阳光下辐散着温柔的光泽。只要他说话，神秘的紫色海浪就不断拍打她的灵魂，午夜时分带她潜入记忆的深谷，在她腐朽衰败的生命里开垦出一片玫瑰园。

真的有勇气决裂吗？她默默问自己。还是继续等待，不断损耗生命的能量？

他的目光里有灼热的痛楚，低沉的声音近乎哀求。她最终还是无法下定决心。

“我唯一不放心的人是你。”她深深叹息，“我相信善恶因果，也相信轮回报应，同你度过的每寸光阴都能加深我的罪孽。不只是你，从稚嫩少女逐渐蜕变而成的我，沿途累计的罪业恐怕早已无可救赎。天磊，我死后势必是要堕入地狱的。”

“是我坚持要见你，是我的手率先伸向了你，错不在你。”

她暗淡无光的神情里似有星光闪烁，转瞬即逝的希望之光。

“我是不怕报应的，怕的是报应在你，天磊，你知道吗？”

“我知道。”他的声音干涩凝滞，显然是想起了孩子们，“最后再给我半年时间。”

他的地位岌岌可危，无法下定决心离婚，试图找到两全的方法，在进退两难的困境里晕头转向，甚至变得有些暴躁和易怒。爱丽丝了解他的处境，一旦秘密公之于众，他会失去所有。而她不断收到恐吓的信件，鲜血淋漓的相纸寄托着陌生女子的咒骂威胁，她的住宅被曝光在网络上，楼道里时常站着面露恶意的陌生人，有时三五成群，有时形单影只，她被迫数度搬迁。

“天磊，我已精疲力竭。如果你无法做出决断，我可以。”她再次提议分开。

他忽然之间变得愤怒。“你为何总要说这样的话？我已经为你付出了这么多，你能不能更坚定一些？”片刻之后他意识到自己言辞激烈，满怀愧疚地将她抱在怀里，“给我一些时间，让我去处理这些事情，我说过不再放弃你。”

婚姻危机愈演愈烈，他奔波于两座城市，在两个女人之间寻找平衡点，身心俱疲。蒸蒸日上的事业出现破绽，成本颇高的两部作品双双遭遇滑铁卢，许多观众在网站和个人主页发表文章批评，言辞激烈。他终归还是心智成熟、涵养颇佳的男子，他仍旧尽量少地把工作中的情绪带到与她相处的过程中，却免不了在相聚的时刻面露疲惫，声音里的紫色时有时无，如同老旧失修的无线电收发器。

她知道自己已成为他的负担，虽然嘴上说得洒脱，内心深处却又不能割舍情感维系。这个男人曾带她翻山越岭，遇见过世间绝无仅有的奇景，她始终无法真正放开手。

清晨时分在他身边醒来，看见他健硕的身体在晨光里呈现松弛的模样，觉得内心澎湃。他的呼吸声里混合着细细的鼾声，圆润饱满的喉结时时颤动，嘴唇微启，露出渴求亲吻的姿态。躲藏在片刻的安宁背后，她几乎忘记了自身的困境，忘记了永远无法填满的渴望和诉求。她期待邂逅的男子给予她慰藉，用强劲、坚实、笃定的爱带她离开沼泽和荒原，抵达一片清朗疏阔的平原。那里有明净透亮的日月星辰，参天古树环绕四周，水土丰饶，花好月圆。

世间没有任何男子能够具备这种力量。她想要的救赎只能由她自己完成，她面临的困境也只能由她单打独斗，杀出一条生路。她很清楚这一点，此刻却仍想逃避。时间久了，感情逐渐转化成占有欲。

占有和放弃的念头持续斗争，不断地相互重叠和撕裂，让本就精疲力竭的她变得更加憔悴。恋爱初期那日渐饱满的脸颊不复存在，被爱情滋养起来的纯真心智正慢慢瓦解，逐渐显露出往日的阴郁色泽。他们始终没有放开彼此的手，在这段摇摇欲坠的感情里互相拥抱，仿佛是私奔到格陵兰岛极光下的中世纪情人，月光渗透在她的午夜裙摆上。

漫长的情感斗争，爱丽丝正面临着舆论压力之外的严峻挑战。天磊唤醒她最深层的惶恐，不仅仅是因为他日益严峻的婚姻危机，也因为她持久不散的原生自卑感。他是人气颇高的配音师，即便事业陷入瓶颈期，依旧是业界公认的“普罗米修斯”，甚至连走在街上也会被人要求合影。最初的满足感化为嫉妒的火焰，她尽量避免与他同行，也不参加他主办的活动，不愿看到身着绚丽服装、头戴假发和花冠的少女簇拥而上，用暧昧、卑微、钦慕和迷恋的目光凝望他。

相恋之初尚有激情可以掩盖真相，时间过去越久，内心的匮乏和闭塞便开始慢慢显现。伤口总在同一处被反复割开，她随时都有可能遭遇情绪崩溃。寂静的夜里，她在电话里失声痛哭，觉得自己卑微的生命无法与他匹敌。

“我预订了两张八月下旬飞往东京的机票，”他说，“我打算带你去看日本最大的动漫展，那里没有人认得我，我只属于你。”

换座城市，或许他们可以找到出路。

她跟随他逃离各自的城市。

八月的日本炎热喧闹，出租车驶过银座四丁目，车窗外人潮涌动，高楼林立的街道散发出摩登气息，被高层建筑的玻璃窗反复折射的阳光四散在繁华都市的各个角落，如同没有边界的万花筒。“我每年夏天都要来这里，以后你也要年年过来。”他说。

她没有回应，把头靠在他的肩上，对陌生城市即将触发的陌生未来茫然无知。

展馆设立在江东区的国际展厅，她换上透气的球鞋，在随身携带的双肩背包里装了笔记本、瓶装水和五支圆珠笔。他的黑色球鞋在人群中忽隐忽现，快要消失时他总会停下脚步来等她，回望的眼神里带着不易察觉的忧惧。他仍然害怕弄丢了她，就像三年前初见时那样。她握住他伸过来的手，再次忽视了心中的愧疚不安。

“我永远无法走进你的世界。”她说。

看完一整天的展览，他在去往酒店的巴士上整理采购物品清单，准备将购买的东西邮寄回国。她在他脸上读到孩童般的满足感，那种简单、纯粹、清澈见底的明媚神情。

“我无法对你的喜好感同身受，可是我真的已经尽力了。”

“不要勉强自己，我只是想和你度过一些时间。我们本就是不同的生命体，你何必强求自己接受我的全部。”他宽慰道，伸手抚摩她的头发。

“我没有安全感。你明明在我身边，我却无法通过内心和你形成联结。网站上任何一个追随者都比我更能与你共鸣。我不甘心。”

“爱丽丝，你始终这样惴惴不安，我明明已经竭尽全力来安抚你了。”他叹了口气。

催眠者

临近午夜的东京依旧灯火通明，他们穿着拖鞋和薄外套出门，去街巷里吃夜宵。挤满当地人的狭窄店铺里弥漫着浓浓的鱼腥味，开放式厨房位于餐厅中央，桌上摆满各种颜色的酒瓶和调味料。中年厨师系着围裙忙碌着，用深色瓦罐煮米饭，在炙牛肉和烧蛤蜊上淋满浓浓酱汁。她要了什锦汤和柠檬烤鱼，把豆腐和蔬菜统统吃掉，留下少量贝类漂浮在汤水中，他笑着拿过她的碗，吃掉她剩下的食物。

一种暧昧的姿态，她从兜里掏出香烟点燃，默默接受。

为期三日的漫展如此漫长，她的忍耐力被拉伸到极限。反复尝试着融入热闹的生活，积极回应他热情洋溢的介绍，看见他和每位原创漫画家畅快对谈，心中怅然若失。她拿起相机为他们拍照，在按下快门的瞬间用镜头挡住眉心的裂痕。

展览结束的傍晚，她步履蹒跚地随他离开展厅，去附近的寿司店吃晚餐，心中那块潮湿的海绵沉重得让人无法呼吸，连他夹到她碗里的鳗鱼寿司卷里都饱含着苦涩的滋味。滑腻的鱼子酱，川流不息的人群带着聒噪的愉悦感，相机的咔嚓声混合着各种陌生声线，变得乌烟瘴气。他拿出漫展上购买的手工王冠戴在她的头上，和她讲述动漫手办的制作工艺，完全没有注意到她的落寞神色。

穿着奇异的日本女孩走上前来欣赏她头顶的装饰，其中一个怀里还抱着年幼的女儿。她们用她听不懂的夸张语调和他调笑，尖厉的欢笑声如此刺耳，她觉得鼓膜胀痛。

他和气地替女孩们拍照，用流利的日语和她们轻松交谈。女孩们欣喜若狂，走到爱丽丝的旁侧，用手指杵弄她头顶的装饰，指着她的脑袋和怀里的女童说话。女童咿咿呀呀地伸出手，试图把王冠抓在手里把玩，却连带着扯下了爱丽丝的大撮头发。

“够了！”她大吼一声，在疼痛中愤然挡开女童的手。年幼的孩子被吓得大哭起来，天磊赶紧道歉，并掏出在漫展上购买的手办赠予对方。爱丽丝静静坐在角落，头顶的刺痛还未散去，心里的疼痛也开始逐渐加剧。

“你究竟怎么回事？”送走了女孩们的天磊语气愤怒。

她不回应。

“我在问你话呢。”他将杯子摔碎在地上，惊得周围的人齐刷刷向这个角落看过来，“为了让你开心，我不顾一切带你来到这里。我已为你付出代价，而你却总是一副郁郁寡欢的样子。我究竟要怎么做才好？爱丽丝，你简直就是一个魔障，我不知道要怎么和你相处。”他积压已久的不满倾泻而出，每句话都带着锥心刺骨的气势。

她蹲下身慢慢拾起碎裂的瓷片，将一小沓现金放在桌角。

“我们结束了。”她说，然后转身离开。

催眠者

三年前的夏季，他在潮湿闷热的厨房里吻她，她手里的苦气泡水瓶砸碎在地上，如同山雨欲来前的轰鸣雷声。他的手紧紧搂住她的后背，用情欲编织成的蛛网将她牢牢困住。三年后的东京，她大步迈出人声鼎沸的餐厅，冲进完全陌生的异国街道。她在这段感情里没有归属，就像在从前的每一段感情里一样，她永远无法与人亲密相处。

分崩离析的征兆早已显现，只是两人都不愿面对，沉溺在彼此的海洋里不肯抬头。意识和思维的鸿沟横跨在他们中间，婚姻危机几乎摧毁他的理智，她看着他日益消沉，心中的矛盾和愧疚与日俱增。这个曾经在最关键时刻拯救她于黑暗的男子，在相爱的岁月里慢慢沦为最不合时宜的存在。

迷失在阡陌纵横的地铁站，他追随着她的脚步迅速赶来，不由分说地将她抱在怀里，连声道歉。“对不起，我应该注意到你的情绪，都是我的错。”

她没有动弹或是挣扎，只是在他熟悉的气味里感知到无以复加的疲惫。他的声音正逐渐褪色，再也不复从前那明媚鲜亮的紫，就仿佛完成劈头绽开的烟火没入夜色，它已完成传递信息的使命。“我觉得累了。”她说，感觉到他在颤抖。

他的眼泪滴落在她的前额，在灼热的夏日里显得如此寒凉。他抱着她的手臂没有丝毫松懈的意思，持久的坚决让爱丽丝原本坚决的意志有所衰减。除了瑞恩，从未有人这样笃定地爱过她。

从少女时期的周维良，到后来形形色色的男人，她始终认为自己是可以被随意抛弃的情人。她不习惯被人肯定价值。

“为什么不放手？”她问他。

“因为我知道你其实不想离开，你只是希望引起我的注意。”他的声音带着浓重的鼻音，却掷地有声，“我答应过绝不放弃你，我想要信守诺言。”

她再次被击败。她的诡计骗过了自己，却没能在他面前瞒天过海。她其实自始至终都没有勇气放开他，所谓的舍弃不过是孤注一掷的任性和威胁。她想要得到他的关注，从来如此。

身边的国内旅客认出了他的容貌，纷纷拿出手机拍照，他拉起她的手飞奔着逃离地铁站，身后的咔嚓声仿若横扫的机枪，他们知道自己无处遁形。径直穿过人潮涌动的街道，火辣辣的日光灼伤她裸露的皮肤，在她的鼻尖和颧骨上留下粉红色印记，他的手掌覆盖着她的手背，渗透的汗水滴答淌落在地上，顷刻间就蒸发不见。

“我们该怎么办？”他在布满百合花的酒店房间里吻她，颤抖的胸膛上传来激烈的心跳声。

她用手抚摩他的头发，让他圆乎乎的脑袋靠在自己的胸口，静静享受这最后的私密时光。从前的争执和摩擦烟消云散，他们紧紧依偎着，在世界末日来临之际亡命天涯。

催眠者

窗外的夕阳正缓缓褪去色彩，青灰色云朵覆盖天空，屋内沉闷得如同缺氧的鱼缸。一阵闷雷响彻云霄，她走到窗边，慢慢摇开尚有余温的玻璃。“要下暴雨了。”她说。

他的手臂带着不容置疑的力度，握住她摇开窗户的手，将洞开的透明玻璃屏障重重关上。砰的一声，天地寂静。

没有只言片语，房间里只有浪潮般此起彼伏的喘息，墙面的排气扇灌进夏末的夜风和水汽，前赴后继的雨滴坠落在玻璃窗上，把东京的不灭灯火晕染成橘黄色海洋。她蓬乱的黑色长发黏在汗水淋漓的脖颈上，如同湿答答的浮出水面的海洋生物，滑腻苍白的皮肤被海藻缠绕。疼痛和愉悦交相辉映之际，她浑身颤抖，喉咙里发出的轻微声响如岩石间崩裂的花种，盘绕而遒劲的根部疯狂蔓延，寻找干燥坚实的土壤。

他的手指穿过她潮湿的头发，将那一把黏腻的海藻紧紧握在手中。他用手捂住她的嘴巴，让她的感官在失去掌控的窒息中膨胀和碎裂，高潮在重新获得氧气的瞬间来临，她在情欲之巅失去意识，双手的指甲紧紧掐住他的脊背，发出裂帛般放肆的撕扯和欢呼声。永恒的间隙，他们的灵魂和肉身相互缠绕，须臾间走过沸腾和冷却。

持续不断的禁忌狂欢，他们不知疲倦地进入和抽离，仿佛是要把余生的欢喜彻底燃尽。山峦起伏的轮廓质地柔软，幽暗的隐秘通道将他带向海洋深处，那里藏着深不可测的轮回与宿命。“我应该怎么办？”他反反复复地说，用力吮吸她的每一寸肌肤，感受到那浑圆饱满的脉络发出的震颤和响动。

“我们该怎么办？”他说。

她的身体有源源不竭的丰盛能量，在连绵不绝的浪潮中固守姿态。她在昏沉的睡眠中醒来，发现自己正蜷缩在他的臂弯里，抬头，习惯性地亲吻他的面颊和脖颈，汗珠和泪水混合出咸涩的滋味，在陌生国度的夏夜里持久不散。力劲松懈的片刻，她再次被潮水带走，坠入深沉的梦境。

再次潜入他的记忆深处，她在梦里感知到他的不安和痛苦，在愧疚和不甘之间反复迂回，痛得喘不过气来。从未有过的真实感，她完完全全地超越了肉痛的束缚，在没有紫色声音的陪伴下进入回闪，接收到来自其他生命的全部感官。时空的壁垒彻底消失，她仿佛被赋予绝对的自由一般，肆意徜徉在属于他的隐秘世界。

她看见他和妻子争执。时而是哭泣和哀求，时而又转换为恐吓与胁迫。她在素未谋面的女子身上看到绝望，还有不顾一切想留住丈夫的决心。她在他面前跪下来，请求他不要离去，他同样跪下来，用拥抱和亲吻抚慰她，却依旧对婚姻犹豫不决。那种温和的冷却和拖延再次将女人激怒，她站起来，用手硬生生地砸裂镜子，在鲜血淋漓中绝望抽泣。

身着白色公主裙的女孩蜷缩在角落，被眼前的场景惊吓得忘记了哭泣，许久之后才默默流出眼泪，却始终是一声不吭。怀里的玩具熊被母亲撕出一道缝隙，她绝望地大口喘气，用双手捂住耳朵疯狂摇头。心如刀绞的爱丽丝跪在她身旁，试图伸手抱住她，却只能眼睁睁看着手指穿过她的身体，如同全息影片的幻象。

远处的争执声不曾停止，他试图阻止妻子，软硬兼施却毫无效果。哭泣的女孩再也无法忍受父母的战争，她扔掉手里的玩具熊冲出房间。爱丽丝跟随她跑出去，见她站在露台的水泥栏杆上，双臂张开呈拥抱状，一跃而下。

“不要，不要！”爱丽丝疯狂大喊，冲上前去试图抓住她坠落的身体。她的指尖接触到女孩的白色裙摆，那是来自真实世界的触感，坠落时刻的强风呼啸而过，午夜的裙摆带来的旋涡有巨大的引力，气流疯狂旋转的瞬间，爱丽丝被带离地面，和女孩一同坠入无尽的深渊。

所有场景全部消失，包括黑暗与永恒。

她在下坠中失去意识，醒来时仿佛已经过去了几个世纪。

高大洁白的房间，她赤裸着身体躺在地板上，被眼前的强光刺得眯起双眼。

这是梦吗？找不到任何参照物的她失去了辨别梦境的能力，四肢的触感却真实饱满，不似从前那种几乎透明的色泽。身着公主裙的女孩向她走来，她没有受伤，胖乎乎的手臂带着婴儿时期的饱满。爱丽丝缓缓起身，用半跪的姿态迎接女孩湿漉漉的目光。

“你恨我吗？”爱丽丝问。

女孩轻轻摇头，含泪的眼睛闪闪发亮。

“对不起。”爱丽丝说，没有得到回应。

女孩的身体散发着苍兰和百合的幽微气息，像极了二十年前的儒安春日，大片的蔷薇、月季、玫瑰、海棠铺满山坡，蒲公英戴着洁白的帽子等风拂过，把干燥的种子播撒到远方土壤。爱丽丝伸手抚摩她的脸颊，从颧骨慢慢延伸到下巴，温暖柔和的触感从指尖传来。“真的对不起。”她再次说，轻轻拨开女孩额前的碎发。

女孩把胖乎乎的小手放在她的掌心，在她的手掌深处孕育出一层光圈，慢慢扩张的银白色光芒将爱丽丝笼罩，她在银潭里看见自己的倒影，那是被生命之河磨砺出的疲惫面容。光影交错的瞬间，她再次看到那熟悉的身躯躺在手术台上，双腿被高高架起，阴道里插满导管和金属器械；昏沉的午后，她跪在儒安老宅的地板上，抱着拇指受伤的外祖母疯狂哭泣；周维良的吻带着致命的诱惑，他在空无一人的图书馆里将她高高抱起，在旋转中跌入黑暗深渊；绝望的母亲站在冷雨里，被晕开的口红顺着雨水滴落到她的白色衬衣上，像紫红色的桑葚汁液洒在洁白桌布上；瑞恩的眼泪那样让人心碎；天磊的身体散发着灼热的能量，在黑暗中点燃她的生命。

爱丽丝在超负荷的信息流中艰难前行，女孩的手依旧搁在她的掌心，那稚嫩忧伤的面容倒映出记忆的篇章。“你究竟是谁？”爱丽丝忍不住问道，“你不是天磊的女儿吗？为什么你湿漉漉的眼睛总让我想起自己？告诉我！”

没有回答。

光晕在手掌抽离的瞬间消失，全部的幻象也跟随不见，只剩下爱丽丝和女孩四目相望，在漫无边际的白色房间里。酝酿已久的泪水终于落下，滴答，回声清脆。

“你爱我吗？”女孩终于开口，“你可不可以爱我？”

“我当然可以爱你。”爱丽丝用疲惫的胳膊抱住她。

“那你会离开我吗？”女孩问她。

莫名的熟悉感涌上心头，爱丽丝愣在那里，被翻涌的情绪堵住喉咙。她曾这样问过外祖母，问过母亲，问过天磊，问过瑞恩，问过生命中每一个深爱过的男人。“你爱我吗？你是否会离开我？”

此时此刻她终于明白，自己跟随紫色声音回看的每段记忆都是生命的分水岭，一个个狭小幽暗的房间，今时今日她终于穿过层层门径，抵达心灵的最深处。眼前的女孩是天磊的女儿，也是她自身的倒影。她的眼泪投射出她们的哀伤与绝望，她需要很多爱来换取匮乏的安全感。

思索的间隙，女孩后退着脱下白色蓬蓬裙。

她正在经历快镜头下的成长，胖乎乎的四肢慢慢变得修长，脸颊是那样的清瘦，蓬乱的黑头发长到腰际。童年时期的创伤没有在皮肤表层留下痕迹，她看起来完美而活泼，充满年轻少女的蓬勃生机。爱丽丝走到她面前，在那双灵动的眼眸里找到蠢蠢欲动的不安和欲望。这样的眼神，她在自己以及其他许多人身上都曾见到。

爱丽丝仿佛可以预见她的未来，看见她在世间的寻觅中反复跌倒，遍体鳞伤。童年时被人夺走父亲的爱，在母亲的眼泪和愤怒中艰难成长，用毕生的时间来寻找能温暖和慰藉自己的人，却始终不懂得如何去爱。她将无法与任何人相处，她封闭的内心世界里藏着不能见人的溃烂伤疤。

“我要回到这世界上去。”少女说，“我要很多很多的爱。”

“你渴望的爱和救赎，在这世间没有人能给你。因为你不爱自己，你的伤痕把生命变成裂缝横生的透明容器，所有装盛在里面的感情最终都会流走。”

“我没有受伤。”少女执拗而倔强。

“你的伤痕藏在记忆里，”爱丽丝用手指指她的心脏，“在你心里。对不起，我这样伤害你，我让你带着创伤和耻辱默默成长，让你不得不去经历我走过的人生。”

少女的神色里透出迷茫，灼灼红唇却依旧散发着醉人的温度。

“要回到这世上去的人是我而不是你。”爱丽丝的手指滑过少女的鼻梁，在她那可爱的鼻尖上轻轻一掐，逗得她咯咯直笑，“我要回去了，我要把童年还给你。”

第十五章
帷幔后面

1

她从梦中醒来，饥饿，干渴，大汗淋漓。

缓缓踱步到茶几边，摸索着寻找盛水的搪瓷杯，光滑的锁骨暴露在潮湿的夜色里。南部海岛彻夜落雨，滴答的水声不断敲打屋檐和玻璃，伴随着热带植物叶片窸窸窣窣的摩挲声。

她隐约听见蕉麻和榕树生长的声音，粗壮浑圆的茎干抽离土壤，硕大的翠绿色叶片向天空蔓延，蓬勃盎然，昭示着旺盛持续的生命力。骤雨初歇的时候，黑嘴鸥栖息在浅滩和礁石上，夜色遮住了它们的身影，而那清透嘹亮的歌声却仍在低低回响，仿佛是童年记忆里夏夜的彻夜蛙鸣，时近时远，不知疲倦。

她赤裸着穿上他的香樟色外套，衣领处的细薄毛质让颈部微微发痒。那是件对当地气候来说过于保守和闷热的老式夹克。气味的海浪狂奔着袭来，将她的年轻肉体冲上海滩，高潮般的沉溺之美。她闭上眼，等待欲望缓慢退潮。退潮。潮湿的海风流窜在面颊和头发之间，她嗅到灵魂的气息。腐坏，芬芳，如同他苍老躯体弥漫着的辛辣与浑浊。这苍茫夜色里唯一具备辨识度的气味。

她在黑暗中双臂紧锁。

他的呼吸声均匀缓慢，是那种上了年纪的人特有的滞重，如同慢镜头里的潮汐，起伏之间隔着半个世纪。她喝完了搪瓷杯里的水，光脚踩过地毯，慢慢踱步到床前，注视着这个沉睡的男人。月光投射在他的灰色头发上，恍惚间让人有朦胧静谧的幻觉。她的眼眶有些湿润，放任自己在记忆的海浪里漂流，很久之后才重新脱下属于他的夹克，裸身躺回到他的身边。

“我爱您。”她轻声说。

她在陌生城市的车厢里读完这部小说，伴随着车轮深处的轰鸣声，漆黑夜幕开始逐渐褪去墨色。东京的夜雨有无法揣度的脾性，如同难以刺探的古刹神迹，她抬起头，依稀辨识出远方的轮廓。天色渐明的时刻，她看见火车驶过不知名的翠绿色原野，铁轨边缘悬挂的水滴是被震碎的白色珍珠。八月清晨的太阳没能穿透水汽饱满的灰色云朵，破晓丧失了原本的定义。

三个小时前她收到安妮的邮件，里面附着小说的完整稿，没有只言片语。她们对彼此足够信任，仿佛长途跋涉的修行者在朝觐途中相遇，颈上珠串碰撞的声响宣告了相同的立场，再不需要任何解释。她在寂静的车厢里反复咀嚼每个章节和词句，对渐明的天色后知后觉。分别后的第三年，她们终于等来了结局。

一种宽慰，事情得到了圆满的结局。对于她和安妮来说，写完这部小说就意味着故事终结，作品一旦完成，文字的命运就不再交由作者掌控。她没有立即回复邮件，源自灵魂深处的疲惫感迫使她进入半睡半醒的游离状态，仿佛是从他那里获得的每个回闪瞬间。晨起通勤的人走进车厢，看见蜷缩在墙角的陌生女子正逐渐进入睡眠，手臂环抱着小腿，露出过度防卫的姿态。

生命的轨迹被划分出明确的节点，以她的退出为界。

凌晨三点，她套上那件质地柔软的白色防晒外套，低头亲吻他的前额。终于来到告别的时刻，除了证件外，她没有携带任何行李，试图把所有过往都留在身后，步行两公里到中央车站，在没有英文标志的自动售票机上购买去往其他城市的车票。

十五分钟后进入车厢，她不认得这里的任何一个字符，也不知道这辆飞驰的列车要将自己带向何处，唯一确定的事情是离开。夜间值班的乘务员走过长廊，对蜷缩在座椅上的她点头微笑，她没有回应，剧烈的沉沦和苏醒剥夺了感受痛苦的能力，此刻她只剩下麻木疲惫的残躯。

火车驶离城市的间隙，车窗外灯火皆灭，她在突如其来的黑暗中抱膝而坐，看见回忆中的面孔在玻璃上慢慢浮现。她知道自己再也无法忘记梦境里的白色空间，在层层门锁和帷幔的后面，她窥见自身内部世界的核心，以一种近乎病态的方式追求爱和被爱，多年以来从未改变。

年轻的列车员将她从睡梦中唤醒，天已放晴，正午的骄阳透过玻璃炙烤着她左侧的脸颊，列车停靠在不知何地的站点，自她逃离酒店已经过去整整八个小时。“你要去哪里？”那个年轻的声音用英语问她，浓重的口音与轻柔声线混搭，在阳光下呈现彩虹的光泽。

“我不知道，”她说，“我没有地方可以去。”

他会来找她吗？她的手机依旧处在开机状态，东京也并非乡野，如果执意要寻找到她，一定会有办法实现。可她没有等到他的电话，空荡荡的屏幕上只有信号不足的自动提示，列车员的声音持久不散。“你要去哪里？”她问自己。

“天磊。”她对着空气默默地说出从未与他说起的话。

“我又梦见儒安的古宅，门廊、屋檐和墙壁上镌刻着大雁的图案，暗示着忠贞不渝、出双入对的美意。闭塞保守的渔村持久不变，民间嫁娶还保留着古老的风俗，新人在红烛摇曳的祠堂里对拜，孩子们四处奔闹，用许多吉祥话来换取糖果和糕点。

“天磊，我们这样迫不及待地相见和相爱，仿佛是一口气点燃了堂中所有的烛火，看着它们迅速绽放和熄灭。光华灿烂的瞬间如此美好和真实，却也是那样短暂易逝。如果时光能够倒流，你不疾不徐地伸出手，我步履从容地走到你身边，然后一根一根地慢慢点亮烛火，或许这爱情的殿堂就能彻夜明亮，我们或许就能相伴到老,而不是在活着的时候,看见蜡烛燃尽,夜色依旧漆黑。”

2

《七日》没有在风起云涌的文坛激起千层涟漪，甚至连零星的水花也没有，没有任何出版社愿意签下这部小说，它像被掷入深潭的黑色石子，消失的瞬间便是遗忘。安妮说自己从未渴求过什么,能够写完这个故事本身就已让她满怀感恩。爱丽丝没有反驳，但是拒绝接受现实，她带着成稿去见李瑛，希望她帮忙出版。

这次李瑛没有犹豫和拒绝，她甚至没看一眼故事，就答应签署出版合同。

“我会帮忙出版这部小说。我也会试着联系海外的版权代理公司，让它有机会被翻译，去向更远的地方。你想让更多人读到这个故事，我会帮你实现心愿。爱丽丝，你欠我一个人情，将来我会要回来的。”

爱丽丝很想表示感谢，却觉得无法精确表达任何欣喜或感激。经历过东京的逃逸和离别，她的感官正慢慢瓦解，视力常有片刻的模糊失焦，对声音不再敏感，夜里无法入睡，在清醒中度过无数个荒芜的夜。

“我觉得自己忽然变老了，不知道是否是边缘型人格障碍加重的原因。”她对李瑛说。

她在半清醒的状态里体验灵魂失重的错觉，乘坐巴士穿过大半个城市，在生活多年的地方迷失方向，辨不清路标和指示灯，困乏迫使她进入持久强悍的睡眠，醒来时症状减退，生活回归原貌。她坐在窗台上吸烟，将乳白色烟雾缓缓吞入喉咙，再从鼻腔里慢慢散出，循环往复，迷失的浪潮随时可以卷土重来。

办理完离婚手续的李瑛卖掉房子，搬到父母的住处，全心全意照顾老人和儿子，对公司的业务不再挂念，对过往的伤痛开始释怀。她约爱丽丝出门，去城东的酒吧里坐一会儿，或者去市中心的广场上喂鸽子，试图将爱丽丝带离困境，收效甚微。

“你应该去看医生。”她无数次这样说，爱丽丝不答应也不拒绝，对外界的声音置若罔闻。她不再用刀具割开手臂的皮肤，用剧烈的疼痛消解内心的滞重，也不再对自己反复掴掌，痛恨身体里反复无常的情绪能量。她神情暗淡地行走在日光下，双臂交叠，目光定格在鞋尖，如同常年缺雨的北国冬日，整个人都散发着干燥匮乏的冷淡气质。

“你希望就这样度过余生吗？”李瑛的声音里透出焦急和愤怒，“你甚至连《七日》的销售近况都不关心了吗？我认识的那个高傲的爱丽丝去哪里了？”

“你从来都不认识我，李瑛，你只是在特定时空里见到我，就好像在山林里徒步的人忽然看见迷路的幼兽，对它的身份和来处一无所知，所以不要替我做判断。”

爱丽丝的眼神依旧清淡，对李瑛急切而焦虑的眼神熟视无睹。

天磊在很长一段时间里销声匿迹。之前在日本被拍到的照片在网络上有小范围的流传，之后便彻底消失了。再次得到关于他的信息时，爱丽丝站在影院门口的海报前，看见那张熟悉的面孔出现在画面中央，黑色镜框滑落鼻尖，和从前并无二致。

由他配音并担任配音导演的动画电影大获赞誉，成了全年最出人意料的票房黑马，至此，他终于彻底完成了从幕后走向台前的蜕变。他终于还是选择了复合，带着妻子和女儿出席各种活动，在群星云集的宴席上致辞，无名指上的婚戒在灯光下闪闪发亮。爱丽丝明白，他紧握着的双手终于放开，属于他们的过往烟消云散，所有的禁忌、狂欢、耻辱和辛酸都已被埋葬。

“你还记得当时我送你的《爱丽丝梦游仙境》吗？”有时明娜会这样问她，言语中充满感慨和懊悔，“当初为了省钱只买了一张，现在已经有价无市了。早知道他有朝一日会大红大紫，我就是倾家荡产也要囤一箱子光碟。”

爱丽丝轻轻揉着她的头发，露出寡淡的笑容。

明娜不知道那张光碟对她而言意味着什么，她对他们的关系一无所知，事实上，整个世界都对他们一无所知。恍惚之间，爱丽丝感受到沸腾的孤独在心里蔓延。

很久没有与瑞恩联络了。他在不同城市之间穿梭，忙着采访和写稿，有时一天要搭乘两趟航班，约见超过二十个受访者，密集而庞大的工作量剥夺了他几乎所有的空闲时间。有时他忙里偷闲，在堵车的间隙发来大段的文字，爱丽丝便以几个字的方式简短回复，让他知道自己安好。

在往后许多年的岁月里，每当她回忆起这段时光，总会忍不住设想，倘若她和瑞恩没有经历那场巨大的变故，生命的轨迹又会通往何处。失去意志力的爱丽丝颓废懈怠，在日复一日的通勤和失眠中慢慢消磨时光，直到某天深夜，驻美使馆的电话将她从睡梦中唤醒。

他搭乘的航班出现严重事故，在佛罗里达州的沼泽附近坠毁，事故现场火光冲天，一片狼藉。他在父母去世后就已没有亲属，入境工作需要留下紧急联系人的联络方式，他在所有的表格里都写上了她的名字。

使馆的工作人员报出了他的证件号码，向她确认他的身份。

“我们需要你来一趟美国，事故现场的遗体需要有亲属认领。”

电话里的陌生男子用温和的口吻告诉她，声音平静得就像拜托她去对面街区的速食店买汉堡和可乐。爱丽丝仰面躺在床上，听着陌生人的声音从遥远国度传来，感觉胸腔里的心脏已经停止跳动。她闭上眼睛，一滴泪水顺着眼角滑落。

痛苦再次蔓延，以她所不能想象的剧烈方式。

为什么要这样对我？她在漆黑夜色中感觉到心中沸腾的怒气。为什么要把我生命里最重要的存在全部夺走？她不断用手捶打墙面，直到手指的关节肿胀流血，难以活动。她的指甲划破皮肤，深深嵌进肉里，鲜血慢慢渗透到指尖，她用舌头慢慢舔舐，被腥咸的气味冲得晕头转向。

“你是不是疯了？”接到电话后立即赶来的李瑛露出愤怒的神色。

“我真恨不得一巴掌打死你。”她嘴上这样说，却还是耐心地包扎好爱丽丝的伤口，帮她预订了前往美国的航班，“我不知道他是否真的死了，但就算是死了，你也应该带他回家。我还得照顾儿子，你只能自己去美国，机票钱我垫付了，回来记得还我。”

3

辗转入境，她被告知要做好心理准备。

大使馆的车载着她穿过繁华都市，沿途的热带棕榈树和美人蕉在湛蓝晴空下切割出不规则的圆形阴影，让人联想起故乡山坡上的花团锦簇。广播里的陌生女人正用西班牙语播报一则新闻，蓝粉色声音伴随着她急促的语调，在车厢内跳起优雅的华尔兹。

她的脑袋靠在被阳光炙烤得灼热无比的玻璃车窗上，每一次的颠簸都会招致轻微的撞击，咚的一声，仿佛有人向灵魂的深潭里丢了一块石头。坐在她身边的年轻志愿者眼中带泪，试探性地递给她水和食物，她闭上眼，没有回应。

东部时间四点二十八分，爱丽丝终于抵达了航空公司临时搭建的停尸间，进棚之前她被要求戴上防护面罩，因为炎热的天气和已经开始腐烂的尸体会招致严重的传染性疾病。帐篷内外都配备了制冷设备，棚内的温度比外面低了许多，然而尸体的恶臭依旧混合着烧焦的塑料味道扑面而来，残酷和血腥的程度比她曾经目睹的流产手术高出上百倍。她站在盖着蓝布的横七竖八的尸体中间，随时可能要昏死过去。

没有亲身经历的人无法想象辨认尸体的过程，她用几乎失去知觉的手掀开每一张裹尸布，心中的恐惧感如同张开口的地狱恶鬼，连牙齿的缝隙里都滴着活人的鲜血。她害怕自己找不到他，更害怕看见他冰冷的身体躺在人群中间。有的尸体已经彻底烧焦，无法辨认容貌和性别，她神情呆滞地盯着这些焦黑的残躯，觉得灵魂正被千刀万剐，变成一张薄如蝉翼的纸片，随时可能碎裂。

无数次昏迷，随即被唤醒，她不顾工作人员的劝慰再次返回停尸棚，继续寻找那个熟悉的身影。十几个钟头过去，她依旧没有找到他。不断运送进来的尸体被率先被送到医务车辆上进行简单处理。生还者两天前就已躺在临时搭建的简易担架上，被直升机送往就近的医院，此刻被找到的只有死者。爱丽丝站在炎热沉闷、人声鼎沸、恶臭连绵的荒原中央，心如死灰。

心力交瘁和神经紧绷的她体会到免疫系统瓦解的恐怖，连续不断的高烧反复来袭，她躺在陌生医院的病床上，手臂的静脉处扎着粗壮的紫色针头，透明液体流进她的血管，拯救了她岌岌可危的生命。无法进食或者服药，任何东西刚一吞咽就被呕吐出来，混合着苦涩的黄胆水和酸味扑鼻的胃液。消毒水的气味将她捏碎在掌心，她在昏睡和清醒中来来回回，已没有了求生的意念。

缺乏清晰画质的梦境时有时无，她早已习惯了这样断断续续的蒙太奇，他们的过往被撕得粉碎，像伤心人肆意抛撒在海面的日记碎片，被阳光烧灼着的纸张边缘，渐渐有了焦黑和蜷曲的痕迹。她梦见他的死亡，在夜色沉寂的太平洋上空，一架庞大的飞机头朝下坠入海面，撞击的瞬间火光冲天，漂浮在水面的机油氤氲扩散，被远处海岸线上的璀璨华灯点亮。生命里的最后一盏灯，在她看不见的地方骤然熄灭。

这是报应吗？她问自己。轮回无边无际。

数日后的凌晨，她被医护人员唤醒，瑞恩终于有了消息。

他的护照在行李的遗骸中被找到，大使馆的人根据证件照辨认出他的容貌，他还活着，并且是第一批被送往医疗中心救治的伤患。她挣扎着从床上坐起，祈求护士拔掉手臂上的针管。“我要去见他，”她说，“我不知道他还能活多久。”

她在佛罗里达州立医院的ICU病房外见到他。陌生的深蓝色衣服，他的四肢被绷带紧紧缠绕，连接着手腕和胸口的白色仪器正发出嘀嘀嗒嗒的回声。这么多年来第一次，他没有站起来迎接她，他吐出的微弱气息在呼吸机里形成薄薄的水雾，仿佛冬日结霜的车窗。

一个声音从身后传来，爱丽丝回过头，看见陌生的白人男子正对自己微笑，祖母绿的眼睛里带着温柔和惋惜。“我是瑞恩的医师。”他说，随即将她带到走廊尽头的办公室里，示意她去看墙上悬挂的X光片。

她茫然地环顾四周，恍惚间忘记了自己身在何处。曾经无数次拥抱的熟悉肉体化作照片里的嶙峋骨骼，悬挂在不知何地的白色墙壁上，仿佛战争年代被砍下头颅、悬挂在城门外示威的士兵。她无法辨识他的轮廓。

“他的手臂和脊背被严重灼伤，右腿被前排塌陷的座椅压断，送达医院时已经出现严重感染，如今正面临截肢的风险。目前最危险的是他颅内的伤情，”医生继续说道，“如果得不到控制，他随时可能死于颅内出血或其他任何并发症。”

医生的语速很快，似乎是希望她能尽早接受现实。

爱丽丝面无表情地听着，全然没有意识到身体正止不住地颤抖，汗水浸透了衣领。他走到她身边，轻拍她的肩膀以示安慰。“有件事情我想你可能希望知道……”他说。

爱丽丝抬起头，示意他继续说下去。

“失事是在晚上，他首先是被沼泽附近的村民用汽船救出来的，随后赶到的救援队试图撕开他的上衣检查伤情，却发现他的衬衣上写满了密密麻麻的英文缩写。他们怀疑这是伤者刻意留下的遗言，于是保留了衣物的碎片。”

爱丽丝跟随他穿过医疗中心的大厅，来到灰色建筑楼东面底层的房间，里面堆放着所有伤患的行李残骸，有些被贴上了白色标签，有的则无名无姓。

那是她永生难忘的情景，狭窄昏暗的房间里陈列着无数个深棕色硬纸板箱，里面塞满从事故现场搜集起来的遗物。眼镜、手表、戒指、笔记本、断裂的钢笔和陌生人的护照。一部幸存的手机忽然嗡嗡作响，碎裂的相框里嵌着全家福，五张洋溢着欢乐的笑脸透过残缺的玻璃投射出生命之光，在幽暗沉寂的房间里显得如此明媚哀伤。

她拿起一枚被烧灼得发黑的戒指，放在灯光底下仔细端详。这是枚精巧的结婚戒指，指环内侧斑驳不清的花体英文字迹写着陌生女人的名字。她不认识这个名字，但可以听见万水千山之外的遥远国度里，一个陌生男子心碎的声音。

她从未体验过比此刻更为沉重的悲伤，即使是在外祖母去世时也不曾这样绝望。她把戒指放回原处，感觉到心口有种几乎要将人撕碎的痛楚。医生递给她一个透明防水袋，里面折叠着的正是那件熟悉的烟灰色衬衣，爱丽丝决定自杀前缝上去的那颗纽扣几乎被扯落，正靠着几缕白线悬挂在衣领处，无辜地斜睨着眼前这个面色惨白的女子。

爱丽丝把七零八落的碎布料展开，试图拼凑出衬衫原来的样子。肉体和衣物混合纤维的焦味扑鼻而来，她被呛得扭过头去，随即又像是突然意识到什么，迅速转回来，直愣愣盯着眼前被还原的文字，失神的眼睛里忽然蓄满泪水。

寂静无声的房间，医生站在进门处，略带关切地注视着眼前的陌生女子，从她的肢体语言里读懂了她的伤心和震惊，决定暂时不去打扰她。“我在办公室等你。”他说。

门被轻轻关上，爱丽丝跪在地上，听到门锁响动的声音，心痛欲绝。

“DBT。”她喃喃低语。泪水滴滴答答落在衬衣焦黑卷曲的边角上。

生命将尽的时刻，他把无数个“DBT”写在身上，那是他唯一伸手可及的地方。你依旧希望救我吗？她的声音里有撕心裂肺的哀戚。你还没有放弃吗？

DBT（Dialectical Behavior Therapy）。

他心心念念的精神治疗法。

相逢和邂逅，无数个分裂又重叠的碎片四散在生命的银河，走马灯般浮现眼前。

她看见他微笑的眼睛，在夏末的心理诊疗室门口询问她的名字。“我在那一刻爱上你。生命个体之间存在磁场。”他说。晨光缭绕的梦境，他光脚走过客厅，去厨房为怀孕的她烹煮食物，为她的暴躁决绝担忧，神情凝重。漆黑雨夜，她在外祖母遗体前昏厥，他把她抱进车里，缓慢驶过大雨滂沱的街心。

“我一定要让你痊愈。”他曾说。

“你的书还在我家里，你说过要我替你保管。你说过要我照顾自己啊。”

决堤的泪水奔涌而来，她已没有挣扎的余力，只能蜷缩在医院冰凉的瓷砖地面上，心脏深处传来刺骨的疼痛，呼吸变得艰难，仿佛正在接受绞刑和电击。

爱丽丝不记得自己是如何回到医生办公室的，只记得她在他面前跪下，用力握住他的双手，祈求他全力医治瑞恩。“无论条件多么匮乏，请你救活他。”

医生露出无奈的笑容。

“现在的情况是，他受伤后落入沼泽，黏稠的泥水覆盖了他的伤口，奇迹般地止住了血，使他不至于失血而死。但伤口浸泡时间过长，又受到黑泥中有机污染物的感染，形成大面积的脓疮和气肿疽。如果不能马上进入高压室接受杀菌治疗，他活不过一周。”

“那我们现在送他进去吗？”她问。

医生无奈地耸耸肩膀：“送来的伤患太多，周边医院所有能用的设备都已被征用，而他的伤势过重，不能搭乘直升机前往其他医院就诊，只能在这里等待。”

“在这里等待？”她从伤心中回过神来，露出难以置信的表情。

“是的，等待正在使用设备的伤患康复或死去。”他说。

她的目光被愤怒点燃，仿佛是顷刻间蔓延过山岭的灼热火焰。她站起来，抬起低垂许久的脑袋，目不转睛地盯着面前穿白色制服的中年男子。

“不管用什么方法，我要他得到治疗，否则你和你的同事都得死。”

她一字一句地吐出这句话，声音凶狠得像失去幼崽的母兽。

医生震惊而愤怒的神情让人难忘，爱丽丝转身扶着墙壁，踉跄地离开了办公室。没有歉意和愧疚，她知道自己神志清醒，所说的每个字都发自肺腑。如果医生因为设备不足这样的理由放弃对瑞恩的治疗，她会杀死他们所有人。

被命运车轮反复碾轧的岁月飞逝不歇，事到如今她终于明白，自己依旧是当初那个顽固决绝的女子，能够与人扭打厮杀，在相爱的幻觉里持续斗争，不畏惧鲜血淋漓的争斗和创伤。那是属于她的冷酷和偏执。

“我一定要你活着，瑞恩。”她一遍遍重复着同样的话。

“从前都是你鼓励我活下去，如今轮到我来鼓励你。我愿意重新接受治疗，你名单上的每个专家我都愿意去见，只要你能活下来。瑞恩，只要你活着，什么代价我都愿意付。”

不知是否因为她的胁迫起了作用，瑞恩当天夜里就被送进了高压氧舱。

巨型的白色柱体四周被机械环绕，高浓度氧气被强行挤压进伤口，杀死了大部分细菌。持续治疗三周之后，他被转入常规病房，躲过了截肢的噩梦，但四肢烧伤部位需要每日换药，然后用弹体绷带紧紧缠绕。他依旧没有恢复意识，只能依靠输液维持体能，通过导尿管排泄。

照料他的日子显得风平浪静，爱丽丝独自居住在大使馆安排的便捷酒店里，每日清晨前往医院为他清理伤口、擦拭身体。事故仍在调查中，航空公司正面临巨额赔偿，但赔偿金却不知何年何月才能到。一番权衡过后，她打算请明娜帮忙，卖掉外祖母留给她的小房子，用以支付昂贵的治疗费用。

他没有昏迷太久，事故发生后的第四十九天，他开始清醒，并在几天之内迅速恢复了语言能力，颅内的伤情也逐渐好转。呼吸机被撤下，日常输液和换药却还要维持很久。爱丽丝从复健中心订购了整套的康复器材，为后期的复健练习做准备。

他们很少交谈，时常静坐一整日也没有只言片语。他的身体依旧虚弱，眼神却是亮晶晶的，让人想起儒安的夏季阵雨，在青石板路上敲出清澈透亮的小水坑。有时他会突然握住她的手不松开，佯装出沉睡的模样，眼睫毛却止不住地颤动。

她在看护的间隙阅读在他行李箱中找到的英文文献，里面翔实记载了二十世纪中叶以来关于边缘型人格障碍的研究资料和治疗体系，芝加哥格式书就的论文使用脚注而非尾注，她因此可以读得很快，不必反复翻到文章最后去照看那上百条的注释。

第四版的美国《精神障碍诊断和统计手册》对这种障碍性人格进行了详细阐述。精神分析师科恩伯格在前人的学术基础上概括了病患的基本特质。一九七五年，研究者们回顾了以往有关边缘型人格的临床观察的研究，并提出了几个描述性的标准，包括情绪烦躁、冲动行为、人际关系不佳、精神疾病的认知、社会不适应等。一九七九年，诊断边缘型人格的八条黄金准则被确定：

1. 竭力摆脱真实或想象中（占极大比例）被抛弃的命运。

2. 极度紧张的、疏离的、不稳定的人际关系模式，其特点是对所交往的对象的认知往往徘徊于“极端理想化”和“极端的贬低”之间。病患具备人格的部分分裂的潜质，容易陷入非黑即白的极端化假想，往往呈现出暴躁、愤怒、好斗、攻击性极强的性格特征，易卷入人际冲突，对于世界缺少安全感。

3. 有认同障碍，对自身形象和感受的理解始终处于不稳定的状态。

4. 呈现自我伤害的过激性行为。

5. 一再自杀的行为、姿态、威胁，或自伤行为。

6. 时常呈现出由于敏感程度过高而导致的剧烈情感起伏。

7. 长期感到空虚，容易成为性瘾患者、酒鬼、吸毒者。

8. 时常表现出不合宜的强烈愤怒，对自身的愤怒难以控制。

周而复始地阅读和摄取，忽然有一日，爱丽丝感到自己憔悴干涸的心灵正重新变得饱满，仿佛衰败荒芜的玫瑰花园忽然决定重生，泥土中抽出的新芽迅速生长和蔓延，根须深深插进土地深处，婴儿般大口吮吸着水分。

佛罗里达州是被阳光格外眷顾的地方，每日清晨的鸟鸣是圣徒献给神明的赞歌。爱丽丝在这圣洁的光辉中醒来，像从前那样赤脚走到窗边，轻薄的白色薄纱裙摆浸润在温暖日照里，如同故乡佛堂里被开光的金器。

抬起头，她看见云朵在湛蓝晴空中呈现棉絮的姿态，像童年记忆里的棉花糖。她伸出双手，将灼热的阳光捧在掌心，第一次真真切切地接受了自己生命的形态。

长久的困惑最终得到了解答，她在日记本里读到自己关于回闪片段的记录，终于明白那些特定的回溯梦境意味着什么。精神分析师列举的所有判定准则都在她的回闪中得到印证，贴切得让人不由得喟叹科学的精妙。若非亲眼所见，那些早已模糊的记忆将被永远淡忘，她或许永远无法判断自己的缺陷和疾患。

回闪再也没有出现过。

经历了这样的大起大落，她确信自己终于有勇气再次聆听天磊的声音，就像回顾消逝岁月里的每一段往事。手机屏幕上的虚拟唱片机轻轻转动，依旧是那篇《爱丽丝梦游仙境》，她戴着耳机躺在芳香洁净的床铺上，眼前的深蓝色音符跳跃在房间上空，熟悉的声线穿透层层记忆篇章抵达眼前。

他的声音里再也没有薰衣草般的亮紫，曾经属于彼此的相认密码流散在那年东京夜雨中。终于，他们放开了紧握对方的手，回到各自的生活轨迹里。看见深蓝色旋涡的瞬间，她明白属于天磊的使命已经彻底完成。

他在黑暗深渊的边际拉住她，用声音带她走进回忆的宫殿，他的出现并非为了与她相认和相爱，而是要让她看见生命纵深沟壑里隐藏的病灶，进而坦诚面对精神的疾患。他做过的每一件事，说过的每一句话，都是为了成全此时此刻的爱丽丝，如同冥冥之中被神灵书写好的剧本。

事故发生的当日，黑匣子就已经被找到，然而调查结果始终没有公布。

新闻发布会开了一场又一场，形同虚设。不久之后，各家新闻媒体陆续收到许多飞行技师的匿名信，他们在信中控诉航空公司私自和厂商协定，改变了飞机前舱门的设计，拆卸掉原本用来固定舱门的钢柱，将门改造成向外开启的模式，以便增加货仓的承载空间。飞机制造商矢口否认，美国航空安全总署介入调查，却迟迟没有结论。

高层的沉默招致群众的集体抗议，他们在市中心的街道上游行，到政府门前静坐示威，强烈要求彻查此次事故。各家媒体争相报道此事，电视台的滚动条时时刻刻都播报着新的资讯，官方的明确答复却迟迟没有到来。

瑞恩和爱丽丝依旧待在病房，起初尚能关注事件进展，久了也就失去了兴致。在他们所处的病房区域，每日都有伤患死去，那些和细菌感染、重度灼伤、沼气中毒周旋良久却依旧离开人世的生命，比电台播放的任何惨烈画面都更真实。

烧伤愈合阶段的皮肤痛痒难耐，爱丽丝态度强硬地剪掉他的指甲，给他戴上棉纱布做的手套，以防止他在睡梦中抓破已经开始结痂的伤痕。难得下厨的她被迫学习烹饪，每日晨起开始熬骨头汤，将煮好的鸡蛋剥壳切割成薄片，和切碎的蔬菜一起装进食盒里。买了克重计量器，确保他的三餐不会摄入过多的盐分。

他右腿的骨伤和颅内的挫伤都已进入最后的愈合阶段，等待他的将是漫长的割痂手术、植皮治疗和复健练习。爱丽丝的房屋出售手续已办妥，加上瑞恩的储蓄，支付医疗费用应当不成问题。他们找来当地私人复健中心的名单和宣传手册，逐一打电话咨询预约。航空公司是否承担责任已经不再重要，经历过灾难和重生之后的他们，似乎已经恢复了生命之初的简洁纯粹。

“瑞恩，你相信奇迹吗？”有天她忽然问他。

“我相信。飞机出事前我做了个梦，梦里的你依旧怀着身孕，光脚站在冰箱旁边寻找食物。我站在远处看你，月光洒在你隆起的腹部，仿佛是把金色月亮抱在怀中，那么美丽温和。梦境在巨响中碎裂，我回过头时才发现，机舱出现一个大洞，身后好几排座椅，连带着周遭没有系安全带的旅客都被吸出舱外。”

“究竟是什么原因？”她问。

“我不知道。机身破损后出现了缺氧和失压，我挣扎着在衣服和椅背上留下遗言，然后就失去了意识。再次醒来时我被卡在座椅底下，机尾部分的橱柜倒下来，和倾倒的顶盖形成狭窄的三角空间，我很幸运。当地村民把我捞了起来，其他座位上的许多人，后来大都溺毙在沼泽地里，我躺在船上，听见他们的呼救声渐渐低沉下去。”

他的眼眶泛起红色，爱丽丝拉住了他的手。她曾在电视上看到沼泽地里的飞机残骸，被熊熊火焰烧灼得焦黑，当地媒体声称是飞机着地后不久，油箱发生泄漏，电缆短路闪出的火花顷刻间点燃机身。来不及救出的伤者全部罹难。

“那一刻，我确信自己已失去你，就像失去生命中所有重要的人那样。然而你活了下来，带着无数致命的伤损，奇迹般地留在了我支离破碎的生活里。这是很久以来的第一次，我真真切切地感受到上苍的慈悲，就仿佛自己从未遭受磨难，只是沉睡了许多年，做了个漫长的梦。”

眼泪顺着他的眼角滑落，这是她第二次见到他哭，却不同于上次的悲戚。劫后余生，他们的心灵被痛苦的醴泉清洗冲刷，变得异常清冽明亮。

“那天我来看你，你躺在ICU病房的床上生命垂危。我情绪很不好，不得不用手扶着墙才能走路，可是我却还有力气，能够请求和威胁医生。瑞恩，那个瞬间我忽然明白过来，原来你希望我活下去的心，和我希望救你的心是一样的。”她说。

他依旧不说话，与她相互紧握的手却仿佛更用力了些。

康复治疗进展得缓慢却很顺利，经历过植皮手术的他必须大量服用抗生素和抗排异的药物，由于不能洗澡而日益加重的体味成了他最常用以自嘲的事情。

每日午后的换药时间是一天中最艰难的时刻，她遵从医嘱，用弱酸性的药水清理他皮肤表层的伤口，他疼得龇牙咧嘴，却也只能忍受。更换纱布，重新涂抹上药膏，她让他靠在柔软的枕头上，为他朗读曾经看过的小说和人物传记。

他依旧很虚弱，时常在聆听中沉沉睡去，她便放下手里的书本，脱掉鞋子蜷缩在靠窗的白色椅子里。熟悉的坐姿。有时她会陷入蒙眬睡意之中，恍惚间以为他们仍然居住在从前的白色公寓里。清晨的日光洒落下来，她的腹部微微隆起，面颊上盘旋着细小的蝴蝶斑。

“你在想什么？”他从午睡中醒来，见她正对着窗外发呆。

“我在回顾那些从前做错的事情。”她走过去握住他的手。

“人世间的道路崎岖蜿蜒，爱情本身并没有对错，都是自己的选择罢了。”他用尽可能平静的语气说道，“我已经日渐康复，你如果想他就回去吧，我只是希望你终有一日能够原谅自己。”

爱丽丝这才想起，瑞恩并不知道她已做出决断。

“这段感情已经走到尽头，我不会再回去。我刚才想的也不是这个。”

他的神色松弛下来，默不作声地掩饰着真实情绪，眼神里却透出不易察觉的喜色。

“瑞恩，我从前始终觉得，是我过去的种种选择报应在了你的身上，这念头持续了很久，几乎将我彻底摧毁，如今想来却是如此荒唐和狭隘。经历了这样许多，我忽然意识到生命的脆弱和伟大，而我作为渺小的个体，对它的伟岸从来都缺乏敬畏，直到我走进臭气熏天的停尸棚，在无数焦黑的肉体中间寻找你的痕迹。你无法想象那种疼痛。那一刻我忽然在想，倘若躺在人群中的是我，你该有多么伤心欲绝。与其如此，我情愿死去的是你。”

她的声音颤抖而又镇定坦然，湿润的眼睛里折射出的光芒如同他横跨太平洋夜空时，透过机舱狭小的窗户窥见的日出，深红色光晕跃出海平面，皎洁而瑰丽。他伸出手，想接住她滴落的泪水，等来的却是她潮湿芬芳的微笑。

“我永远不会忘记那天的清晨，我从昏睡中醒来，看到医院的护士喜极而泣，告诉我你还活着。瑞恩，我从来没有体验过那种喜悦，世上没有任何事物能让人这样近乎癫狂地哭泣和大笑，任何书籍、音乐、酒精、药物、派对和性高潮，在生存的狂喜面前都显得苍白无力。我想我们都应该活下去，因为生命本身就是上苍最慷慨的馈赠。”

“我隐约记得，昏迷之中听见你说愿意配合精神治疗，这话还算数吗？”他问。

“算数，”她说，“等你康复以后我就去拜访你推荐的治疗师。”

他眼里露出孩子般喜悦的神色，声音跳跃得如同海豚高高跃出水面。“爱丽丝，你真了不起。我们可以从南部开始，慢慢往纽约和波士顿的方向走。我会租一辆吉普车，我们可以边旅行边讨论你的治疗方案。”

“从迈阿密到乔治亚不过两日的路程，然后我们会经过田纳西州，我要带你去看阿巴拉契亚山脉和坎伯兰高地，去纳什维尔听音乐会。向东北方向穿过北卡罗来纳州和弗吉尼亚州之后就是宾夕法尼亚州，费城有几个我们要见的医生。”

她的目光里闪过片刻的犹豫，随即又恢复了坦然与镇定。

“瑞恩，我们已经无法回到从前了，这点我相信你明白。今时今日，我们都不该再对彼此抱有幻想，那只会让我们重蹈覆辙。你想要的安好岁月是我无法兑现的承诺，即便有痊愈的那天，我也不会是你理想的妻子。”

“爱丽丝。”他急促地喊着她的名字，试着说服她，却不知如何开口。

“我以为我能说服你，共同经历了这么多，我以为你能够留在我身边。”他的声音里充斥着低沉的哀伤，“我绝不会勉强你做任何事，我只想你留下。”

“边缘型人格障碍的治疗之路漫长艰辛，我不确定自己是否能坚持下去，甚至不确定自己是否还有生育的能力。瑞恩，你是我最亲的人，我希望你能够拥有完整的家庭，拥有年轻女子的健康肉体和感情，而不是我这样遍布伤痕的残躯。”

“至少让我陪你走过最初的康复阶段。”他的语气中带着近乎祈求的真诚，以至于爱丽丝不得不强迫自己吞咽下内心的酸楚和不忍。

“我已决意要自己走下去，请你成全我。”

长久的沉默对峙。

“也罢，既然你已经做出决定，我也不愿勉强。”他恢复了淡然沉静的神色。

扑哧一下，爱丽丝忽然笑出了声，眼看着面前依旧裹着纱布的男子露出困惑不解的神情。“你笑什么？”他被她突如其来的笑容搅乱了心绪。

她伸手轻轻抚摩他的脸颊：“记得我说过的话吗？声音的颜

色会随着情绪不断变化，如果你内心波澜起伏却假装镇定，我会知道的。”

在美国南部的日子即将结束，所有手术都已经完成。

瑞恩的朋友帮忙联系到了西海岸的康复中心，准备在下个月末开车来接他。经历过如此惨烈的航空事故，不到万不得已他不会再搭乘飞机。

爱丽丝开始慢慢为他收拾起行李，陆续结算医院的诊疗费用，同时也着手规划自己的治疗路线。他名单上的医生大多聚集在美国东北部，她决定尽可能地使用公共交通，长途巴士或者是火车，毕竟她对这里的路况不熟悉。

“和我一起去西部。”他明知会被拒绝，却依旧这样说道。

“我躲在你身后够久了。”她笑道，“事实上我这三十几年来都在寻找避风港，从少女时期的畸恋到后来的种种，我始终试图找到可以依靠的人，借助他的力量抵御孤独和畏惧。但是这条路是行不通的，你亲身经历过，应该明白我的意思。”

他叹了口气，转移了话题。

“事故发生后航空公司被起诉，明日开庭，你要不要去现场？”

她坚决地摇头。“去与不去有何区别？终归是航空公司为利益最大化而造成的疏失，死去的人无法复生，我何必再去那伤心之地。把你送走以后，我再也不想回到这座城市。我或许会在北部待一阵子，但迟早是要回国的，我不希望永远居住在海外。”

“或许有天我可以采访你。”他说，“从前我总是按照报社和杂志社的要求写稿，躺在医院里的这些日子我忽然发觉，这些年来的研究经历足够汇编成书了。爱丽丝，国人对边缘型人格障碍的了解非常匮乏，如果将来你能作为我的匿名采访对象，我就有足够的信心写完这本书。”

“你对我的了解比任何人都深刻，哪里还需要采访？”爱丽丝笑着指正，看穿了他的醉翁之意，“关于我的所有事情你都可以当作创作素材，不必事先来问我。”

他无奈地斜倚在靠枕上，眼里带着落寞的笑意。

“有时我真的怀念怀孕时那个傻里傻气的你，没有这么多防备。”

最后的那段时光格外珍贵，她时常把头靠在他没有受伤的肩膀上，和他聊起从前的事情，尝试着在对谈中一点点挖掘出心灵深处的伤痛。她向他讲梦里遇见的故乡盛景，十四岁的她奔跑在海风里，面颊因为吹了过多的海风而干涩疼痛。她试着讲述那些让人心碎的相爱与纠缠，在泥泞的雨夜里遭到殴打，近乎昏厥。她告诉他有关天磊的往事，将那些难以启齿的耻辱和欲望毫无保留地剖开，如同冷静理智的外科医师。

她告诉了他关于自己的一切，唯独没有提到天磊声音的颜色，以及他时空钥匙般的神奇魔力。出于某种无法割舍的缘由，她选择保留这段感情最核心部分的秘密。她从未像深爱天磊那样爱过任何人，纵然拥有不同质地的灵魂，她也依旧被深深吸引。倘若时光倒流，她还是会义无反顾地坠入爱河。

瑞恩依旧是绝佳的听众，他极少打断她，只有在她口干舌燥、精疲力竭时才会发表见解。他的注意力从未涣散，看她的眼神里暗含着潮汐起伏，与她的讲述完全吻合。讲到最后，她感觉到身体变成一只抖落干净的空盒子，终于不再有沉甸甸的下坠感。

“我已没有新的故事可以讲述，”她说，“谢谢你。”

他腿部的石膏终于完全拆除，虽然还不能走路，却依旧值得庆贺。

离别前夕，她提前将他的行李邮寄到西部，租来一辆轮椅，慢慢推着他离开住了近一年的医疗中心。早已过了约定的时间，瑞恩的朋友已经在停车场等候多时，爱丽丝却还是走得很慢，每一步都似乎要费很大的力气。他默不作声地任她磨蹭，不催促也不同她交谈。两人都心知肚明，今日一别，再见之日将遥遥无期。

黄昏时分的广场静谧祥和，周围没什么车辆，前来探视的家属们此刻都在医院顶层的餐厅等候晚餐，远处街道上的流浪艺人用录音机播放南美风情的西班牙歌曲，两个年轻女子脚步轻快地跳起舞来，棕色皮肤在落日的余晖中显得温柔矫健。

他将一个精致小巧的黑色礼盒塞进她手里，仍旧没有说话。她接过这份临别赠礼，轻拍他的肩膀以示感谢。在这个脆弱感伤的时刻，他们都显得格外拘谨，谁都不肯先开口说话。暖风吹动礼盒上细细的银色缎带，像轻轻颤动的蝴蝶翅膀。

瑞恩的朋友走上前来迎接他们，他接过爱丽丝递给他的背包，把它装进后备厢，然后迅速打开后座的车门，准备扶瑞恩上车。瑞恩示意他稍等片刻，用手摇转轮椅，将身体转向爱丽丝。

“我还是不放心你。”他终于还是率先开口，紧紧拉住她的手不肯放开。

爱丽丝在他面前半跪下来，轻轻抚摩他的手背和膝盖，声音里带着坚韧和温柔。

“我无法忘记那个午后，大使馆的车把我送到事故发生的荒原，来自不同国家的人聚集在那里，他们心碎的模样足以给那片土地写下永恒的诅咒。辨认出亲人尸体的家属们失声痛哭，声音里夹杂着尖锐的刺痛感，我整个脑袋几乎都要炸裂。我曾以为自己了解死亡的面容，但直到那一刻，我才明白自己何其天真。见过人间炼狱的人会懂得珍惜生命，所以你不必再担心，将来无论发生什么，我都会活下去。”她说。

他的眼泪顺着面颊淌落，起初只是淅淅沥沥的小雨，然后逐渐变得激烈强劲，如同热带雨林中彻夜持续的充沛降水。他哭得这样猛烈，到最后几乎是孩子般号啕大哭。积压已久的复杂情绪倾泻而出，爱丽丝用前额抵着他的额头，感觉到他吐出的潮湿气息打在脸上，仿佛是儒安那水汽充沛的咸涩海风。

分离的时刻，他们谁也没能忍住心头翻涌的情绪，来接瑞恩的朋友站在不远处，看见爱丽丝半跪着搂住他的脖颈，和他一起放声痛哭。“再见。”她轻声说，用手指反复抹去他深深的泪痕，如同暴雨中毫无作用的雨刮器。

“再见瑞恩。”她用双手捧起他带着伤痕的面颊，最后一次亲吻他的嘴唇。

第十六章
种玫瑰的人

回国的第一年，李瑛邀请爱丽丝继续回到原来的岗位。

爱丽丝没有答应，面对李瑛的反复劝说也毫不动摇。“我迟早是要回去工作的，但不是现在。我已经马不停蹄地工作了许多年，现在想要一些时间放纵。”她说。

她在城市最北边的山脚下找到合适的住所，一幢当地居民自己的老式双层住宅，距离最近的小镇不过十分钟的车程。老房子闲置数年，屋顶有轻微的损坏，雨水顺着裂缝渗透进来，在墙体和地面都留下斑驳水渍，庭院已荒废多年，杂草丛生。

她深知这不是理想的住处，初次开车路过时甚至都没有停下来仔细端详，然而数月之后，当她再度开车路过时，却发现进入盛夏的山林格外美丽。小镇修葺后的公路平坦顺畅，她顺着笔直的水泥路慢慢前行，轮胎碾碎沿途的杂草，青草和露水的气息裹挟着花香飘进车窗，让人想起冰镇鸡尾酒里漂浮的迷迭香叶片。

她把车停在路边，慢慢走进林子深处，看见老房子的白色墙壁被阳光烤得有些微微发黄，庭院里疯狂生长的野草丛里睡着肥胖慵懒的灰色野猫，屋顶上有鸟儿搭建窝棚，歌唱声此起彼伏。忽然萌生出归属感，她没有再犹豫，决定租下这幢房子。

翻新房屋花了近半年的时间，她请人修缮了房顶和地板，换掉墙体内早已生锈老化的管道设备，给卫生间的墙面和地板铺上正方形的米色瓷砖。她小心翼翼地打理着老宅，反复核算成本以防超支。为了节省起见，她尽可能亲力亲为，选购的大部分家具来自二手市场，包括木结构的桌椅、台灯、吊扇和壁炉。装修进行到尾声的时候她算了笔账，发现花费并不多，不由得松了口气。

搬进新家的瞬间，爱丽丝知道自己做出了最正确的决定。这间屋子宽敞明亮，灰白的主色调，配合着厚实陈旧的木质地板和缀花地毯，混搭出简洁的欧式风格。来自旧物市场的原木长桌和小壁炉安静站在墙角，巨大的落地式书架遮挡住一整个墙面，架子上没有摆放任何饰品，全都是她收藏的书籍。金属质地的灰色浴缸立在客厅深处的僻静地带，周围摆放着小盒的肥皂和熏香蜡烛。

时间变得前所未有地充裕，爱丽丝从合作过的报刊主编手里买下二手的立式钢琴，把它摆放在书架旁边的窗户下，通过中介公司联系到镇上一位退休的钢琴教师，每周两次去她家中学习基础弹奏和乐理，报酬是辅导她年幼的孙子学习英语和德语。

她用稀疏不齐的手工木篱笆在庭院中央隔出小块土地，反复研习栽植玫瑰的方法。播种之后的土壤神秘脆弱，暗含着绽放的隐喻却又危险重重。她在泥土上覆盖大片的透明塑料薄膜，让夜晚的风和雨水浸润花种，慢慢滋生出幼苗。南方的雨季如期而至，潮湿空气里渐渐弥漫着草植与果蔬的气息，肥料和农药被装在透明玻璃罐里，她挽着裤腿蹲在地里，按照书本讲述的配方小心播撒。

隐居的第三年，她在院子里遇见第一朵娇柔的玫瑰花蕾，数日后又发现了另一朵，然后便是雨后春笋般疯狂生长。本就是喜欢干燥的耐旱植物，春日的阳光蒸发掉多余水汽，守护神般保卫着花朵柔弱的根部。

有天清晨，她在青蓝色晨光中醒来，起身去给窗台上的月季花换水，忽然看见花园里的一抹鲜红。摇开窗户，她带着欣喜若狂的表情，反复搓揉惺忪睡眼，几乎不敢相信这个事实。不顾早春微寒的她穿着睡袍冲进黎明的花园，脚上还穿着卧室用的棉拖鞋，晨起去镇上摆摊的商贩经过她的门前，满怀惊讶地看见一个流泪大笑的中年女子。

时隔多年，她终于成为玫瑰园丁。她写信给明娜和李瑛报告喜讯，在白色信封里附上一张暗房冲洗的胶片照，凌晨五点半的微亮天光里，尚未彻底开放的玫瑰花在枝头绽开裙裾，隔着相纸都能闻到它的清冷幽香。半个月后，她的院落成了玫瑰海洋，她小心翼翼地剪下几朵，包在丝绢手帕里送给周围的邻居。

她与梦境形成一种默契共生的关系，仿佛通往过往时空的隧道被打通，而她获准在睡眠里回到过去，虽不似回闪那样真实持久，却也足以在记忆中保留一段时间。难以入眠的时刻她依旧会播放那张光碟，闭上眼，慢慢走到睡梦中去。

夜晚的风拂过面颊，带着山林间特有的清冽甘甜，她时常在午夜时分醒来，贪婪地吮吸着湿润微凉的空气，然后重新陷入睡眠的海洋。小小的黑色礼盒里藏着他的祝福和祈愿，银色的蝴蝶发夹被阳光照耀得晶莹闪烁，翅膀上的镂花和蓝色点缀让人想起他声音的颜色。

“我在走廊尽头注视你，觉得你安静得像早春时节迁徙至加利福尼亚州的蝴蝶，那是我少年时期最迷恋的自然盛景。”他曾经这样说过。

他留给她的信件被折叠成小小的方块，藏在礼盒底部。

致我深爱的爱丽丝：

与你共同度过的这一年，是我人生中最明亮的记忆。有时我甚至觉得，无论承受多么严重的伤，你给我的偿报也足以抵消痛苦。与你相识七年，看着你渐渐变得坚韧强大，我很欣慰。治疗之路辛苦漫长，我和你都要面对严酷的征程，希望我们都抵挡得住。

航空事故赔偿所得的钱，在扣除治疗和复健的费用之后，还有二十几万美金，我把这笔钱打进了你的账户。抱歉，我没有提前告诉你，因为我知道你会拒绝。我能够理解，它裹挟着你关于空难的全部记忆，即使被存入银行，化为虚拟的数字符号，你也依旧难以接受。我也知道，其实在这场灾难里，你比我伤得更重。但是爱丽丝，心理治疗非常昂贵，你已为我变卖房产、辞去工作，这是我能给你的唯一补偿。

我在加利福尼亚州度过整段少年时光，如今即将回去，心中忽然觉得松弛自如。空难完全打乱了我的人生轨迹，但或许在那里，我能重新找到生活的节奏。记得给我写信。

永远爱你的瑞恩

她的眼泪落到信纸上，在黑色字迹的边缘晕染出柔和的光圈，被阳光烤干之后变得透明薄脆，如同他送给她的蝴蝶翅膀。许多年来的第一次，她重新回到无牵无挂的状态里，抬头仰望夕阳时无事可想，身体变得轻盈。

戴着金边眼镜的男性治疗师坐在她面前，清瘦身形和高挺的鼻梁让她想起记忆里的故人。他把她的档案装在透明文件袋里，电脑屏幕上呈现出完整的治疗方案。“这是我暂时拟订的计划，需要和你共同商榷和修改。”她点点头，没有说话。

“你比我想象的更加安静，”他说，用食指推了推鼻梁上的镜框，“我希望你能够更多地同我交流，这样对你的治疗更有帮助。”她的目光定格在他的眼睛上，平静的脸上忽然透出微笑的痕迹。“你很像我许多年前认识的一个人，那年我十四岁。”

话匣子就此打开，她再次向陌生人讲述过往，忽然觉得不像从前那样难以启齿。治疗师懂得联觉的含义，无须她反复讲解和阐释，他和瑞恩一样懂得倾听，甚至能够在她描述某种感受之前就做出精准预测。“爱丽丝，你要知道，你所经历的这些其实不是个体现象，而是许多人都在体验的感受。”他带着令人信赖的微笑。

漫长琐碎的治疗，他建议她不要使用任何药物，依靠策略缓解内心的疼痛。绝望时在手里握一块冰，用皮筋弹打手腕的皮肤，以不流血的痛觉缓解煎熬的心境。“这是第一步，我们要把你对自己的伤害减小到最低限度。”他说。

橡皮筋被拉长的瞬间，她提前感知到即将来临的刺痛感，砰的一声，洁白的皮肤上留下浅红色印记，疼痛像水波一样扩散开来。她从梦中惊醒，看到自己饲养的猫咪正亲昵地咬着她的手腕。她把它搂在怀里，翻了个身。

回国的前夕，她搭乘医生的车子去机场，最后一次向他道谢。

“不要谢我，你应该感谢一路将你带到我面前的那些人。你在黑暗城堡中生活了许多年，是他们的出现带给你希望，我不过是履行了医生的职责。边缘型人格障碍不可能痊愈，所以你千万不要对自己期待过高。我们想要的，只是平和生活的能力而已。记住这一点，爱丽丝，你要尽可能多地原谅自己。”他说。

始终与安妮保持通信，和她讲述自己的生活，寄给她自制的玫瑰香囊，支持她摄影和写作。偶尔遇到精神疾患卷土重来，她便以周而复始的劳作与之对抗，带着疲惫的身躯沉沉睡去，如此循环往复，直至恢复平和。剧烈的悲伤不会持久，只能短暂停留。

春天快要过去的时候，爱丽丝收到李瑛的来信，说她的儿子终于恢复了行走能力，自己终于有时间带新男友来看她了。爱丽丝欣然接受，提前去镇上买来食物和新鲜果蔬，打算留他们在家中吃晚饭。新摘下的玫瑰花瓣被碾碎、捣烂，混合着面粉、燕麦、肉桂和苹果泥搓揉成面团，压扁后放进烤箱烘焙，最终得到的甜食模样粗陋，味道却实在香甜。她用塑封袋装了一些，准备让李瑛离开时带上。

午后两点，她脱下沾满面粉和油渍的围裙，换上提前熨烫好的紫色连衣裙和绑带凉鞋，走到庭院里迎接李瑛的到来。院子里的杂草被提前三天清理干净，藤条编成的椅子和秋千也被刷得锃亮，春日的暖风似有若无。收拾好一切的她百无聊赖地坐到秋千上轻轻晃荡，感受到微微扬起的裙摆拂过脚踝。

李瑛的红色轿车终于出现在道路尽头，她从车里走出来，身后跟着年轻矫健的金发男子。她小跑着上来和爱丽丝拥抱，用惯用的口吻夸她看起来依旧年轻。

“你还是和从前一样喜欢紫色啊。总是看你穿紫色的衣服。”

“很久不穿了，昨晚花了几个小时才找到这件衣服。”

距离李瑛上次近距离参观这所房子已经过去很久了，她显然是忘记了屋子的风格和摆设，再一次发出了由衷的赞叹。“你这里也太舒服了。”

“这话你上次已经说过了。”爱丽丝笑道。

她跟随爱丽丝在客厅中央的灰色长沙发上坐下，一只棕色短毛的猫咪跳到她膝盖上，把她吓了一跳。“呵，你居然也是养猫的人了。”她笑着用手抓挠猫咪的耳根。

“啧，它居然让你摸。”爱丽丝学着她的口吻笑道。

墙角传来轻柔的叫唤声，棕色猫咪一跃而起，消失在书架后面。

“你究竟养了多少猫？”李瑛露出诧异的神色。

“五只，都是从街上收留的流浪孩子，最漂亮的那只英式短毛被发现时已饿得奄奄一息，我无法喂食，只好送去兽医那里，医生说它可能是因为血统不纯而被遗弃的。可是它真的很美，阳光下的毛色泛着金黄，祖母绿的瞳孔让人想起华丽珠翠。”

李瑛没有接话，亦不理会身边的男友试图搂住她肩膀的胳膊，她沉默地喝下咖啡，隔着月季盛开的玻璃花瓶端详着正在餐桌上准备食物的爱丽丝，神色平静又复杂。

“爱丽丝，我觉得你和以前不同了。”

“我正在慢慢变老。”

“你知道我不是这个意思。从前你很冷淡，我甚至不知道阳光照射在你脸上的样子。”

“你觉得我现在热情似火了吗？”爱丽丝把咖啡和两小碟巧克力樱桃蛋糕摆在他们跟前，“镇上只能买到这些，做工和口感比不上市里，但危地马拉咖啡是我亲手磨的。”

李瑛端起杯子喝了一小口，随即露出满足的神情，伸手去切盘子里的甜食。大约是注意到了爱丽丝的回避，她没有继续刚才的话题。

这是一番奇景，午后的阳光照耀进来，素来不沾甜腻食物的李瑛坐在松软沙发上，大口吃着廉价的巧克力樱桃蛋糕，模样仿佛是触犯红尘禁忌的僧侣，沉醉于越界时刻的忘乎所以。

“你笑什么？”李瑛边吃边问。

“我以前从没发现你这么可爱。”爱丽丝说。

“其实如果你仔细看，大部分人都很可爱。爱丽丝，这是你教会我的。”

“你是打算永远隐居了吗？”短暂寒暄过后，李瑛开门见山。

“这不可能。我没有足够的储蓄来维持生计，更何况避世所得来的安宁不算真正的安宁，内心坚韧平和的人不会畏惧浮世喧嚣。我始终在找寻一个回到城市中去的契机。”

“那你回去之后准备做什么？”

“我不知道。翻译、编书，或者兼职培训德语，总会有办法的。”

“这不是长久之计。”李瑛忽然恢复了从前那种刻不容缓的严肃口吻，眼神却不再凌厉刻薄，“我已经离开出版公司了，准备和同事合办图书工作室，专门面向欧洲市场，丹会帮我们做图书设计和产品设计。”她说罢转头与身边的年轻男子交换眼神，四目相对间星火燎原。

爱丽丝看出他们相爱，只有饱含深情的人才会这样对视。她轻轻咳嗽了一声，起身给他们添咖啡，眼里含着轻柔的笑意。李瑛意识到她的戏谑，略微收敛了几分，嘴角却依旧上扬成月牙的弧度。

“你这次离开公司自立门户，带走了不少人才吧。”爱丽丝打趣道。

“没有。”她的神情赫然严肃起来，“除了两个负责国内市场的同事以外，我没有带走任何人。我想要新的开始。既然自立门户，当然要找我喜欢和信任的人。”

“你的眼光和决策力是我见过的人里面拔尖的，我相信你会成功。”

“我这次来是想邀请你加入我们的团队。你隐居近四年，外面的情况你恐怕不太了解，以前公司的经营模式早已落伍，加之它有这么大的体量，想要改革难上加难，如今不过是强撑着度日罢了。我们自立门户，专门针对尚未被完全瓜分的欧洲和中东市场，一定能在纷乱的图书市场博得一席之地。”

“找我？”爱丽丝为她的决定感到惊讶。

“因为我信任并且喜欢你。你是能安静下来闷头做事的人，不在意流言蜚语，也不会明争暗斗，我需要这样简单直率的人。更何况，你在我手底下干过这么久，你的能力我很清楚。”

“李瑛，我已经快要四十岁了。”

“我当然知道。仅仅上门一次是请不到你的，如果需要，我不介意三顾茅庐。”

她露出柔中带刚的自信笑容，没有了和男友对望时候的娇羞。爱丽丝忽然回想起从前在公司，每当有重要选题，或是有抢手的热门版权要争夺，她都会露出这样势在必得的表情。

“你知道我不懂外语，身边如果没有帮手照看海外市场，就形成不了竞争力。从前我是你的上司，永远无法真正和你并肩作战，所以现在我邀请你当我的合作伙伴，我们平起平坐。”她说得坦诚，心平气和。

“仅凭我单打独斗，如何帮你照看欧洲市场？你太高估我了。”

“除了你，我也有其他想要邀请的合伙人，只不过要请动你最难，所以就先挑硬骨头啃。你又在笑什么？”她见爱丽丝露出莫名其妙的笑容，觉得有几分诧异。

“我只是想到你从前说起外语就咬牙切齿的样子，我们私底下都说这是你的逆鳞，如今你倒是不在意了？”爱丽丝再次调侃道。李瑛先是愣了一下，随即放声大笑起来。

“所以你是答应了？”

“我会考虑。”

“你还欠我一个人情，不要忘记了。”

短暂的谈判时刻已经过去，李瑛似乎对爱丽丝表现出的态度相当满意。她起身再次打量屋子里的一切，眼里写满了好奇和赞许。“我不知道你有如此卓越的设计才华，爱丽丝，将来你加入我的团队以后，或许可以把这里变成民宿。”

“想都别想。”爱丽丝语气坚定地回绝，“我好不容易找到归宿，谁也别想抢走。将来回到城市工作，周末也还是要在这里度过的。”

李瑛笑着摇摇头，慢慢走到落地书架前翻阅藏书，用手指饶有兴味地拨弄夹在书架上方的老式台灯。再版后的《七日》有了更为精美的装帧，印在封面上的黑白相片里依旧是轮廓模糊的海岛雨季。片刻之后，她的目光停留在写字台桌面的棕色相框上。

那是整间屋子里唯一的照片，照片里的男子西装革履，细细的黑色镜框将脸部轮廓勾勒得很温和，右侧眼角和鼻梁上有明显的伤疤。他这样温和愉悦地笑着，露出洁白整齐的牙齿，臂膀里依偎着的女子面容姣好、清秀端庄。这是张完美的全家福，两人怀里都抱着刚出生的婴儿，直视镜头的双眼里有星光闪烁。

“我认识他，路克还采访过他。就是那个拿走你很多书的路克，你还记得吗？”

爱丽丝没有说话，正低着头，用金属勺子搅拌杯子里残余的咖啡。

“我记得他是心理学方面的专栏作家，很多年来都不温不火，最近几年忽然因为一系列研究人格障碍的文章声名大噪，出版公司把他的文章编纂成书，销量出人意料地好。”

李瑛说起业内的事情还是这样激动，全然没有注意到爱丽丝的沉默。

“今年年初的时候他有一场新书发布会，我因为准备离职的关系没有参加，听说去的媒体很多，有人甚至想出五万美金预订他下一部作品的版权。”

依旧是沉默。她的勺子触碰到杯壁，发出热闹的叮当声。

“我有个大龄未婚的女同事，始终对他很有兴趣，多次拜托我去询问他是否已婚，后来我从他的编辑那里打听到，他去年刚娶了自己的女粉丝，生了对龙凤胎。”

李瑛一口气说完这些，把目光转向爱丽丝，等待她的回应。

“你怎么了？”她终于察觉到一丝异样的氛围，语气中透出关切。

“没有。我只是想，或许自己将来也可以成为作家。”爱丽丝抬起头，眼里的欢喜与忧伤已经遣散，只剩下少许亮晶晶的光泽，在日光下显得明媚活泼。

“原来如此，怪不得你在桌上放他的照片。”李瑛露出恍然大悟的笑容，喝完了杯子里的最后一口咖啡，“爱丽丝，有时候我真羡慕你有双不会老的眼睛，到这个岁数还是这样亮而有神。”

送李瑛离开的时候刚过六点，夕阳已逐渐褪去色彩。

爱丽丝带着他们穿过种满紫藤、铃兰、绣球和玫瑰的庭院，向他们描述初次见到这幢老宅的情景。“我从未想过自己会迁居至此，直到我看见它盛夏时刻的模样。所有邂逅都是定时开席的盛宴，只不过身在其中的人往往后知后觉。”她说，示意他们去看棚架上的南瓜藤。

“秋天时你们会看到它的果实，硕大的橙黄色瓜身缔结在藤蔓上，在阳关下昭示着成熟自持的美和寂静。我喜爱它真实饱满的生命形态，那是经过辛苦攀缘和生长之后获得的丰收和奖赏。”

李瑛静静听着爱丽丝讲述，没有试图打断或者插话，时而蹲下身来仔细观摩泥土里培植的花草，俯身用鼻尖摄取它们的香气，慢慢走到秋千架旁边，示意丹来推自己。爱丽丝站在远处，看见她飘起的长发被风吹乱，熟悉的香水味弥漫在院落里。

“这里可真美啊，你是想当神仙吗？”李瑛坐进车里时禁不住再次感叹道。

“我不想当神仙，我只是在寻找活下去的方式。”

李瑛没有听见她的回答，她的车慢慢驶入笔直的水泥公路，消失在黄昏尽头。

爱丽丝慢慢走回属于自己的房子里，褪去身上的紫色裙子，点燃两支熏香蜡烛，躺在放满水的灰色浴缸里。她的浴缸现在足够大了，大到她伸展开双腿时也不用担心水溢出来。第四十九次重读《七日》，经过两次再版和修订的小说有了更为成熟的框架和叙事结构，安妮和爱丽丝反复商讨，在每个章节都留下删改的痕迹，然而到最后，她们最爱读的却依旧是最初版本的故事。

安妮曾对她说，人们谈论技巧和头衔，可最难模仿的却是创作初期的那种奇妙心境，仿佛闭上眼就能看见那个裸身坐在窗台上的年轻女孩，海岛的夜雨持久连绵，潮湿海风里有黑嘴鸥此起彼伏的歌声。那是源自灵魂深处的丰盛想象。

她们之间有持久的默契，即便此生不再相见，也能承载着彼此的欢愉和困惑，在这广袤世间的某个角落默默生活。寂静无声的夜里，爱丽丝从浴缸里站起身，水珠滴滴答答地落在地板上，仿佛儒安的雨敲击青石板路面，积满水的凹凼闪闪发亮。她依旧无法预知未来，唯一清楚的是，自己要按照真实意愿生活下去，哪怕白垩纪的物种大灭绝再次席卷，哪怕明天不再降临，勇敢探索的人会得到奖赏。

图书在版编目（CIP）数据

催眠者 / 沙丁著 . —杭州：浙江教育出版社，2020.8

ISBN 978-7-5722-0303-9

Ⅰ . ①催… Ⅱ . ①沙… Ⅲ . ①长篇小说—中国—当代 Ⅳ . ① I247.5

中国版本图书馆 CIP 数据核字（2020）第 092138 号

责任编辑 蔡 歆　　**美术编辑** 曾国兴
责任校对 赵露丹　　**责任印务** 曹雨辰
产品经理 侯梦婷　　**特约编辑** 灵漠风

催眠者

CUIMIAN ZHE

沙丁 著

出版发行 浙江教育出版社
（杭州市天目山路 40 号 邮编：310013）
印 刷 三河市冀华印务有限公司
开 本 880mm × 1230mm 1/32
成品尺寸 145mm × 210mm
印 张 8
字 数 158000
版 次 2020 年 8 月第 1 版
印 次 2020 年 8 月第 1 次印刷
标准书号 978-7-5722-0303-9
定 价 45.00 元